XAVIER DE MONTÉPIN

LE
MARI ET L'AMANT

SUITE ET FIN

DU

VENTRILOQUE

LYCKEDUSM

PARIS
E. DENTU, LIBRAIRE-ÉDITEUR
PALAIS-ROYAL, 15-17-19, GALERIE D'ORLÉANS

LE
MARI ET L'AMANT

SUITE ET FIN

DU

VENTRILOQUE

LIBRAIRIE E. DENTU, ÉDITEUR

DU MÊME AUTEUR

La Maîtresse du mari, 3e édition, 1 vol. . . . . 3 fr.
Le Secret de la comtesse, 3e édition, 2 vol.. . 6 fr.

F. Aureau. — Imprimerie de Lagny.

XAVIER DE MONTÉPIN

LE MARI

ET

L'AMANT

SUITE ET FIN

DU

VENTRILOQUE

PARIS

E. DENTU, ÉDITEUR

LIBRAIRE DE LA SOCIÉTÉ DES GENS DE LETTRES

PALAIS-ROYAL, 15-17-19, GALERIE D'ORLÉANS

—

1876

LE VENTRILOQUE

TROISIÈME PARTIE

LÉONIDE ET GEORGES

I

Daniel Metzer, en arrivant en Afrique, ne s'arrêta que deux ou trois jours à Alger pour accorder un repos indispensable à Léonide très-fatiguée par une traversée pénible.

Aussitôt la jeune femme un peu remise, il se mit de nouveau en route avec elle et alla prendre possession du domaine provenant de l'héritage de Michel Saulnier.

Ce domaine, situé non loin de Blidah dans un bassin fertile entouré de collines rocheuses, consistait en une maison bien bâtie à l'européenne, et en terres d'une assez vaste étendue.

L'habitation, dominée par une des collines dont nous venons de signaler l'existence, était entourée d'un grand jardin admirablement planté de bananiers, d'orangers, de citronniers, de lentisques et de palmiers.

Un ruisseau babillard, prenant sa source dans les rochers d'une éminence voisine, coulait sous la verdure et faisait de cette oasis un véritable paradis terrestre.

Léonide se prit de passion pour ce site enchanteur et se dit en poussant un long soupir :

— Combien la vie, en ce lieu charmant, eût été douce et facile avec mon pauvre père !...

Le juif allemand, à qui le sentiment du pittoresque faisait absolument défaut, ne se préoccupa point des beautés du paysage, mais de la valeur du domaine et du produit qu'on en pourrait tirer.

Michel Saulnier, le propriétaire défunt, exploitait lui-même.

Daniel Metzer ne pouvait songer à en faire autant.

Il fallait donc affermer ou vendre, mais quel que fût celui de ces deux partis auquel, après réflexions mûres, il jugerait à propos de s'arrêter, sa mise à exécution présenterait des difficultés sérieuses.

Les acquéreurs sont rares en Afrique, et les fermiers offrant des garanties sérieuses, c'est-à-dire possédant les sommes nécessaires pour subvenir aux premiers frais d'une grande exploitation, ne sont pas beaucoup moins introuvables.

Or, d'une part, le juif ne voulait faire aucune avance à des colons inconnus qui peut-être gaspilleraient à leur profit ses récoltes et ne le payeraient point, et, d'autre part, l'idée de laisser improductif le capital considérable représenté par de bonnes terres le mettait hors de lui-même.

Il fit imprimer et afficher à Blidah et à Alger des avis par lesquels il demandait des acheteurs ou des locataires, et il résolut de résider quelques semaines à Boudjareck, — (tel était le nom du domaine), — afin de laisser à ces avis le temps de produire leur effet.

Habitué à l'existence active du tripoteur d'affaires l'ex-Allemand s'ennuyait d'une manière effroyable dans cette solitude africaine et ne comprenait même pas que Léonide eût l'air de s'y trouver relativement heureuse.

— Daniel, — lui dit-elle un jour avec un enthousiasme naïf, — voyez donc comme tout ce qui nous entoure est beau !!

Il haussa les épaules et répliqua :

— Des arbres qui sont verts parce que c'est leur métier !... — Une eau monotone qui coule avec un petit bruit agaçant !! — Des rochers blancs que le soleil brûle !! — Un ciel trop bleu !! Une tempéra-

ture de fournaise ! Que trouvez-vous de beau là-dedans ?... — Idées sottes, puisées dans des livres
idiots !!... Poésie de convention !! Admirations factices !... — Ça vous passera !! — Parlez-moi d'un
grand immeuble à cinq étages, ayant façade sur un
boulevard de Paris ou sur une rue d'un quartier
riche et rapportant dix pour cent, impôt payé !! —
Voilà qui est beau !! à la bonne heure !!

Léonide, se voyant si peu comprise, se tut en sou-
pirant de nouveau.

Un matin, Metzer, plus maussade et plus ennuyé
que jamais, étendu sur la mousse au bord de ce
ruisseau dont le murmure l'agaçait, fumait une
énorme pipe allemande à fourneau de porcelaine et
songeait à retourner à Alger sans plus attendre.

Une lueur métallique brillant sous les transpa-
rences du courant attira son attention.

Il plongea sa main dans l'eau et retira un caillou
brisé.

Dans la gangue de ce caillou se croisaient des
paillettes jaunes étincelantes.

— Cela ressemble bien à de l'or, — pensa-t-il. —
Mais, sans le moindre doute, ce n'est que du mica...

Néanmoins, au moment de jeter le caillou il se
ravisa et, négligeant d'achever sa pipe, il rentra au
logis, s'habilla de toile blanche comme un planteur,
prit le chemin de Blidah, alla tout droit à la bouti-

que d'un orfévre et posa le caillou sur le comptoir en disant :

— Je voudrais savoir ce qu'il y a là-dedans.

L'orfévre pulvérisa le caillou d'un coup de marteau. dégagea les paillettes, les essaya à la pierre de touche et répliqua :

— C'est de l'or, et il est très-pur...

— Merci...

Daniel paya cent sous l'expérience, enveloppa de papier les débris de la gangue, les mit dans son gousset, acheta une pierre de touche et un flacon de réactif et reprit le chemin de Boudjareck avec une vitesse dont ses courtes jambes massives ne paraissaient pas susceptibles.

Il ne s'ennuyait plus ! !

Dans l'après-midi de ce même jour des ouvriers, appelés en toute hâte, détournaient le cours du ruisseau sur une espace de quelques pieds.

Ce travail achevé, l'ex-Allemand les renvoya et descendit dans le lit mis à sec dont le fond se composait de sable blanc et de cailloux.

Des paillettes jaunes sans nombre étincelaient, mélées au sable.

Daniel remplit de sable une écuelle et bourra ses poches de cailloux.

Léonide le regardait avec curiosité.

— Que cherchez-vous donc ? — lui demanda-t-elle.

— La pierre philosophale... — répondit-il en riant.

— La trouverez-vous?

— J'y compte bien...

Il courut s'enfermer dans sa chambre et, jouant du marteau, brisa les cailloux l'un après l'autre.

Presque tous contenaient de l'or.

Il fit subir ensuite au sable l'opération du lavage telle qu'on la pratiquait dans des sébiles de bois aux bords du Sacramento avant que la recherche du précieux métal fût organisée d'une façon complète et savante.

La proportion des paillettes que renfermait le sable était énorme.

En présence de ce résultat le sang afflua avec une telle violence au cerveau du juif qu'une congestion fut imminente.

Daniel arracha sa cravate, but un verre d'eau-de-vie et se trouva remis.

— Du calme, — pensa-t-il, — et raisonnons un peu... — Le ruisseau charrie de l'or et le ruisseau sort de la colline... — Donc, ou la logique n'est plus la logique, ou la colline est pleine d'or : — j'ai là, sous les mains, des millions ! !

Il était trop tard, ce jour-là, pour entreprendre quoi que ce fût.

Le juif ne mangea rien au repas du soir et passa une nuit singulièrement agitée.

Il dormit à peine. — Quand par instant la fatigue, triomphant de l'insomnie, lui fermait les yeux, un mauvais rêve, toujours le même, ou plutôt un hideux cauchemar, venait l'obséder.

Il lui semblait perdre pied dans un lac d'or. — Il avait beau se débattre... — Il s'efforçait de nager, mais en vain... — Plus lourd que l'or, il se sentait couler. — L'or, passant sur sa tête, l'étouffait, le noyait !

Et il se réveillait baigné d'une sueur froide en poussant des cris d'agonie.

Une heure après le lever du soleil, il quittait sa chambre et s'apprêtait à descendre au jardin, quand la servante lui vint annoncer qu'un étranger arrivé la veille au soir à Blidah demandait à l'entretenir sur-le-champ.

Quelque peu surpris de cette requête matinale, Daniel donna l'ordre d'introduire le visiteur et se trouva face à face avec un homme d'âge moyen et de bonne mine, ayant le costume, la tournure et les favoris d'un avoué et qui, sans lui laisser le temps de formuler une question, dit en le saluant :

— Vous voyez en moi, monsieur, le représentant d'une société de capitalistes d'Alger désireux d'acquérir des immeubles en plein rapport dans cette province... — Je suis muni de pleins pouvoirs... — Je viens visiter le domaine et je ne mets point en doute que nous n'arrivions à nous entendre, pour peu que vous soyez raisonnable dans vos exigences...

— Monsieur, — répliqua Daniel, — ce domaine n'est plus à vendre...

— Vous avez donc trouvé acquéreur?...

— Non, monsieur... — Je garde la propriété.

— Mais vous avez fait afficher partout que vous vouliez vous en défaire ! !

— C'est vrai ; seulement, j'ai changé d'avis.

— Monsieur, — s'écria fort aigrement le fondé de pouvoir — sur la foi de vos affiches j'ai quitté mes affaires et suis venu d'Alger par la diligence ! — Votre caprice, monsieur, me cause un double préjudice, perte de temps et dépenses inutiles ! — Je vais vous intenter un procès, monsieur, et réclamer une indemnité ! !

— A votre aise.

L'homme aux favoris d'avoué partit furieux et Daniel Metzer se dirigea rapidement vers la colline d'où s'échappait le ruisseau qui roulait en ses flots limpides des échantillons du Pactole.

Pour la première fois il considéra avec attention les blocs granitiques entassés les uns sur les autres et formant comme une citadelle de Titans.

Le filet d'eau jaillissait rapide et froid d'une excavation étroite pratiquée entre deux rochers énormes.

L'ex-Allemand fronça le sourcil.

— La mine est là dessous!... — murmura-t-il. — Pour arriver à elle il faudra démolir la colline ou creuser des tranchées en plein granit... — Dans un cas comme dans l'autre il sera nécessaire, avant d'exploiter le moindre filon, de risquer des sommes immenses et d'entreprendre un travail gigantesque... — Or, pas plus aujourd'hui qu'autrefois je ne veux rien livrer au hasard... — A d'autres les risques, à moi les profits! — J'apporte les marrons, il est trop juste qu'on les tire du feu pour moi!!

Une heure après Daniel annonçait à Léonide qu'il renonçait à vendre Boudjareck et qu'il se fixait en Algérie pour un temps indéfini.

Le même soir le mari et la femme repartaient pour Alger.

II

Daniel Metzer, en arrivant à Alger avec Léonide, descendit au grand hôtel de la Tour-du-Pin et il y passa quelques jours.

Il voulait, avant de s'installer tout à fait, se renseigner auprès de ses coréligionnaires — (les gens les mieux informés qu'il y ait au monde) — sur les affaires lucratives qu'un capitaliste dénué de préjugés pourrait entreprendre en Afrique et mener à bonne fin.

Les renseignements obtenus furent de nature à lui causer une satisfaction complète.

L'entreprise des fournitures et des approvisionnements militaires, comprise d'une certaine façon et exécutée sur une grande échelle, devait donner des bénéfices énormes.

Ceux de nos lecteurs qui connaissent l'admirable livre de Balzac, la *Cousine Bette*, et n'ont point oublié ce que le baron Hulot d'Ervy appelait au figuré les *razzias*, comprendront de quelle manière le juif allemand comptait procéder, avec le concours de complicités en sous-ordre achetées à prix réduit.

Nous n'insisterons pas.

Les détails de certains tripotages seraient inutiles et répugnants.

Il nous suffira, pour ne pouvoir être accusé d'invraisemblance, de rappeler que tout récemment les tribunaux de Paris jugeaient une honteuse affaire relative aux approvisionnements de l'armée, et condamnaient les coupables à un long emprisonnement et à la restitution de plusieurs centaines de mille francs.

Certain de brasser à son aise les louches opérations qu'il aimait, Daniel loua la maison de la rue Bab-Azoun et la meubla très-sommairement, sauf le salon où il étala un luxe de mauvais goût que nous avons signalé déjà.

L'ex-Prussien nourrissait des projets gigantesques.

Il rêvait d'accaparer à un moment donné toutes les récoltes et tous les bestiaux de l'Algérie, de se trouver ainsi d'une heure à l'autre maître de la situation, et, naturellement, d'en abuser ; — mais il fallait, pour réaliser ce rêve, disposer de capitaux bien autrement considérables que les siens.

En outre, comme il est prouvé que la spéculation la plus sûre en apparence peut tout à coup changer de face et devenir mauvaise, Daniel Metzer, type de prudence ou plutôt de défiance, ne voulait point hasarder son argent, et, — nous le lui avons entendu dire à lui-même, — il comptait bien, astucieux *Bertrand*, se faire tirer les marrons du feu par des *Ratons* naïfs qui, après avoir couru tous les risques, lui laisseraient le plus clair des bénéfices.

Quant à la mine d'or de Boudjareck il la réservait, selon l'expression vulgaire, pour la bonne bouche.

— Il ne s'agira que de trouver un capitaliste aventureux, — pensait-il, — et je le trouverai ! — Séduit par l'appât d'un gain sans limites, il fera les avances nécessaires pour les premiers travaux qui seront les plus coûteux, et j'aurai soin d'introduire dans l'acte d'association une clause qui me permettra de le rembourser en cas de différend entre nous et de rester seul maître de l'affaire... — Aussitôt les filons à découvert, ce différend ne se fera pas attendre... Je m'en charge !... — Alors, à moi le monde !! — Une fois riche comme je veux l'être, je retourne en France, j'y suis de par mon coffre-fort un personnage de première importance, et si l'ambition me chatouille, si les honneurs me font envie, si les dé-

corations me tentent, je n'aurai qu'à tendre la
main !... Pourrait-on refuser quelque chose au mari,
vingt fois millionnaire, de la plus jolie femme de
Paris ?

Il ne faudrait point exagérer la portée de ces paroles.

Daniel Metzer, en disant de qui précède, ne comptait pas absolument spéculer sur sa femme, ainsi que
l'ont fait jadis de nombreux maris, dont quelques-uns
sont historiques, et que le fait, hélas ! plus d'un mari
de notre temps.

Il projetait tout simplement d'employer la radieuse
beauté de Léonide comme une amorce pour attirer
à lui les galants haut placés dont il voudrait obtenir
quelque chose...

Daniel n'aimait pas sa femme.

Il l'avait épousée dans le but unique de mettre la
main, par ce mariage, sur l'héritage de Michel Saulnier. — Laide, il l'aurait épousée de même...

Ébloui dans le premier moment, comme tout
homme l'aurait été, par tant de charmes, de jeunesse
et de candeur, il s'était blasé bien vite sur la possession de ce trésor...

Jamais cœur ne fut plus que le sien incapable
d'affection ! — Daniel ne pouvait pas aimer...

Et, cependant, il était soupçonneux et jaloux...

Une telle anomalie semble inexplicable sans

doute, et nous ne nous chargeons aucunement de l'expliquer ; mais elle n'est point rare, et quiconque a vu le monde en pourrait citer des exemples.

Quelques mois se passèrent.

L'ex-Allemand cherchait, sans venir à bout de les trouver, les commanditaires de facile composition dont il avait besoin.

Faute de mieux, il faisait sur une petite échelle ses tripotages véreux ; — il spéculait dans des proportions restreintes sur les fournitures militaires ; — il prêtait des sommes minimes à de gros intérêts, quand il trouvait toutes ses sûretés ; — enfin il gagnait de l'argent, mais les résultats de ces spéculations sans ampleur lui paraissaient effroyablement mesquins et il attendait avec impatience qu'une circonstance fortuite lui permît de déployer ses ailes de vautour.

Madame Metzer, prisonnière aux trois quarts dans la maison de la rue Bab-Azoun, menait l'existence la plus triste, la plus monotone, et s'ennuyait au point qu'à deux reprises sa santé parut compromise.

Daniel, voyant un cercle de bistre se dessiner autour des paupières de Léonide et les fraîches couleurs de ses joues pâlir, s'inquiéta.

Il ne voulait point perdre les satisfactions d'amour-propre que lui causait la beauté de sa femme.

— Qu'avez-vous ? — lui demanda-t-il.

— Je n'ai rien... — répondit-elle. — Que pour-
rais-je avoir ?...

— Vous paraissez souffrir... — Êtes-vous malade?...

— Je ne sais...

— Cette maison vous déplaît-elle ?...

— Pas plus cette maison que tout le reste... —
J'étouffe...

— Les nerfs ! — murmura Daniel en haussant les
épaules.

— C'est possible...

— Les femmes se plaignent sans cesse...

— M'avez-vous entendue me plaindre ?...

— Supposez-vous que l'air des champs vous ferait
du bien ?...

— Peut-être...

— On peut s'en assurer.

Une première fois, l'Allemand naturalisé conduisit lui-même Léonide à Boudjareck et y passa une
semaine avec elle.

La verdure, les fleurs, le soleil, une liberté relative, ravivèrent la jeune malade et lui rendirent
comme par enchantement tout son éclat un moment
amoindri.

L'expérience était décisive.

Aussi, les symptômes alarmants que nous avons signalés s'étant reproduits trois ou quatre mois plus
tard, Daniel n'hésita point à envoyer de nouveau sa

femme à Boudjareck pour quelques jours, mais il ne la suivit point cette fois et la fit accompagner par la mulâtresse.

Une préoccupation sérieuse retenait M. Metzer à Alger.

Deux ou trois semaines avant cette époque, un certain Isaac Worms, non moins juif et non moins Allemand que Daniel lui-même, et faisant des métiers louches qui lui donnaient à grand'peine de quoi vivre, s'était présenté un beau matin à la maison de la rue Bab-Azoun.

— Monsieur Metzer, connaissez-vous Richard Elliot? — avait-il demandé.

— Qui ne connaît le plus riche banquier d'Alger ? — Pourquoi cette question ?

Au lieu de répondre, Worms continua :

— Il vous connaît bien aussi, lui, monsieur Metzer... — Il m'a parlé de vous...

— Il vous parle donc !! — fit l'ex-Allemand évidemment surpris.

— Il me parle souvent... — Je possède sa confiance... — Je travaille pour son compte.

— A quoi ?...

— A des choses tout à fait particulières, qui ne regardent que lui et que je ne dois point répéter...

— Enfin, que vous a-t-il dit de moi ?...

— Ceci : — « M. Metzer est un homme très-intel-
ligent, très-actif, très-entendu, et qui mérite de réussir... — Il ne lui manque que de forts capitaux, mais
on peut suppléer à l'insuffisance des siens... — Je
ferais volontiers des affaires avec lui... — Pourquoi
ne vient-il pas me voir ?...

— Il a dit cela ? — s'écria Daniel.

— En propres termes ! — je le jure ; et si je ne
suis pas un vieux fou, son intention, en me disant
ces paroles, était qu'elles vous soient répétées par
moi.

— C'est possible... C'est même probable...

— C'est certain, aussi vrai que j'ai terriblement de
mal à gagner mon pain et celui de mes enfants, et
que je me permets de faire appel à votre générosité
bien connue...

— Prenez ce billet de cent francs, Isaac, et si vous
voyez M. Elliot aujourd'hui, prévenez-le que j'aurai
l'honneur de me rendre chez lui demain...

— Dans une petite heure, il le saura... — Grand
merci du billet, monsieur Metzer, et que le dieu d'A-
braham, d'Isaac et de Jacob vous le rende !...

Daniel, resté seul, eut un moment de joie déli-
rante.

— Le voilà donc enfin trouvé, — pensa-t-il, — ce
commanditaire introuvable ! ! — Et c'est lui-même
qui vient à moi, fasciné par ma réputation d'homme

habile ! — En de telles conditions, m'emparer de lui
tout à fait ne sera qu'un jeu d'enfant ! — Richard
Elliot, avant huit jours, ne verra que par mes yeux ! !
— Je puis ouvrir ma caisse... les millions vont pleu-
voir ! !...

Nos lecteurs ont déjà compris ce que Metzer ne
devinait pas.

Richard Elliot, la veille, avait rencontré Léonide,
et pour se rapprocher de la femme, appelait à lui le
mari.

III

Daniel Metzer, dans l'après-midi du lendemain, se rendit chez Richard Elliot, après avoir bourré ses poches d'échantillons de cailloux et de paillettes récoltés dans le ruisseau de Boudjareck.

Le banquier l'accueillit à merveille.

— Je suis enchanté de recevoir votre visite, — lui dit-il ; — mais comment se fait-il qu'un homme de votre valeur n'ait pas eu plus tôt la pensée de se mettre en rapport avec moi ?

— Rien ne m'autorisait... — commença le juif allemand.

— A vous présenter ici ? — interrompit Richard Elliot. — C'est trop de modestie ! ! — Les capacités supérieures qu'on s'accorde à vous reconnaître vous donnent vos entrées partout ! — Vous avez des idées

et j'ai des capitaux... — Pour moi comme pour vous
il y a donc profit manifeste à mettre en commun ce
dont chacun de nous dispose... — Venez-vous me
proposer une affaire ?...

— Une affaire de premier ordre, monsieur Elliot...

— De quoi s'agit-il ?

— D'une mine d'or...

— Au figuré, je suppose !

— En aucune façon... — La mine existe et j'ai
tout lieu de croire qu'elle est d'une incalculable richesse.

— Êtes-vous seul à la connaître ?

— Absolument seul.

— Qui vous a révélé son existence ?

— Le hasard. — Elle se trouve sur une propriété
qui m'appartient...

— Et vous êtes bien sûr qu'il s'agit en effet d'une
mine d'or ?...

— Jugez-en par vos propres yeux...

Daniel exhiba ses cailloux et ses paillettes.

Richard Elliot les examina d'un air assez distrait.

— Je n'y connais absolument rien, — reprit-il. —
L'or ne représente pour moi quelque chose que lorsqu'il sort du balancier de la Monnaie ou des ateliers
d'un orfèvre... Mais, si vous ne voyez aucun incon-
vénient à me laisser ces échantillons, je les ferai exa-
miner par un géologue et par un chimiste.

— C'est dans ce but que je m'en suis muni. — L'affaire est magnifique... Si je ne me la réserve point tout entière, c'est que mes ressources insuffisantes ne me permettent pas de commencer seul l'exploitation.

— Eh bien, quand je serai renseigné, nous nous entendrons facilement et vous pourrez disposer de moi... — Êtes-vous libre aujourd'hui, monsieur Metzer?

— Je suis libre toujours.

— Dans ce cas je vais vous présenter à madame Elliot, à qui j'ai déjà parlé de vous, et vous partagerez notre dîner de famille.

— En vérité, je n'ose...

— Acceptez sans façon... à charge de revanche... — Je sais que vous êtes marié comme moi et que votre installation de la rue Bab-Azoun est des plus confortables... — Au premier jour j'irai vous prier de me présenter à madame Metzer et de m'accepter pour convive... — Est-ce entendu ?

Daniel, trop heureux de faire un pas si rapide dans l'intimité du riche banquier, n'avait hésité que pour la forme. — Il ne se fit point presser davantage.

Madame Elliot n'était plus une jeune femme, et d'ailleurs les souffrances et les humiliations de tous les jours imposées par son mari l'avaient vieillie avant l'âge.

Elle semblait douce et résignée. — On ne pouvait dire autre chose de sa personnalité sans relief.

Le dîner fut servi avec un luxe et des recherches gastronomiques dont le juif allemand n'avait eu jusqu'à ce jour aucune idée.

Pendant et après le repas, le banquier évita de parler d'affaires, ce qui ne laissa pas d'embarrasser Daniel à qui tout autre sujet de conversation était étranger.

Richard Elliot, animé par la bonne chère et les vins des grands crus, fit à lui seul les frais de l'entretien.

En reconduisant son hôte jusqu'à la porte de la maison, vers dix heures du soir, il lui dit :

— C'est aujourd'hui lundi... — Demain je soumettrai vos *pépites* à qui de droit... — Mercredi j'aurai un rapport... — Jeudi vous aurez ma visite, vous me présenterez à votre femme et vous me garderez à dîner...

— Vous nous rendrez, madame Metzer et moi, bien fiers et bien heureux... — répliqua Daniel.

Le géologue et le chimiste, consultés par Richard Elliot, émirent un avis favorable et s'extasièrent sur l'abondance et la pureté du métal.

— Il serait original et curieux, — pensa le millionnaire, — de trouver une opération de premier ordre là où je ne cherchais qu'un plaisir ? — Cette petite madame Metzer m'a paru bien jolie ! — Une donble réussite me permettrait de modifier à mon usage le vieux proverbe et de m'offrir cette devise : *Heureux en affaires ! heureux en amour !...*

Richard Elliot, le jeudi suivant, prit le chemin de la rue Bab-Azoun.

Daniel avait mis la maison sens dessus dessous et dévalisé les marchands de comestibles d'Alger pour offrir à son futur commanditaire un dîner digne de lui.

Le banquier, quoique très-gourmand et très-gourmet, n'accorda qu'une médiocre attention aux délicatesses du menu, tant il fut absorbé par le trouble que lui causait la beauté de Léonide.

Il s'était enthousiasmé de madame Metzer, nous le savons, en la rencontrant dans la rue.

Elle lui parut, quand il la vit de près, mille fois plus séduisante encore et plus irrésistible.

En quelques heures, ce qui n'était d'abord chez lui qu'un vulgaire caprice grandit d'une façon prodigieuse et devint presque une passion.

Daniel ne tarda guère à s'apercevoir de la flamme qui brillait dans ses yeux sans cesse attachés sur Léonide, car le cynique personnage, dont nous connaissons les mœurs et les habitudes, ne songeait même pas à cacher au mari ce qui se passait en lui.

— Si j'ai l'heureuse chance qu'il devienne sérieusement épris de ma femme, j'aurai tous les atouts dans mon jeu ! — se dit le juif allemand avec un cynisme au moins égal à celui de son convive... — La vertu de Léonide est solide et peut déjouer toutes les tentatives... — Donc je ne risque absolument rien, et, comme il est prouvé que l'amour rend aveugle, je mènerai par le nez ce vieux et ridicule galantin et je me chargerai d'avoir avant peu la haute main dans ses affaires, qui deviendront les miennes...

L'extase de Richard Elliot et le motif de cette extase étaient si manifestes que madame Metzer, quoiqu'elle eût conservé presque entière sa naïveté de jeune fille, finit par comprendre les sentiments trop peu voilés du banquier...

A partir de cette minute, sa gêne et son malaise allèrent grandissants et devinrent intolérables.

Elle rougissait et pâlissait tour à tour et, n'osant quitter la table, elle tournait vers son mari des yeux qui lui disaient dans un langage muet et suppliant :

— Ne voyez-vous pas que cet homme attache sur moi des regards qui sont un outrage ? — Le laisserez-vous donc m'offenser ainsi en votre présence ? — Sachez le rappeler au respect de vous et de moi-même, ou chassez-le de votre maison !!

Mais Daniel ne voulait rien voir, et quand Richard

Elliot se fut éloigné, en promettant de revenir bientôt, et que Léonide, fondant en larmes, lui reprocha
avec amertume le supplice qu'elle venait de subir,
sans qu'il eût dit un mot, sans qu'il eût fait un geste
pour l'abréger, il répliqua brutalement :

— En vérité, ma chère, vous êtes folle ! ! — La va-
nité la plus sotte et la plus ridicule vous tourne absolument la tête ! ! — Ainsi, vous vous croyez assez
belle pour qu'il soit impossible de passer cinq minutes auprès de vôus sans être aussitôt féru d'a-
mour ! — C'est un orgueil un peu trop naïf ! ! — Rassurez-vous ! Richard Elliot ne songe point à vous
aimer !... — Ses millions lui permettraient de s'offrir un sérail, s'il lui plaisait de jouer au pacha, et,
quoique vous soyez passable, il faudrait, croyez-le,
pour être sultane favorite, des charmes autrement
merveilleux que les vôtres...

— Eh bien, oui... — murmura Léonide, — je
me trompe sans doute, et Dieu m'est témoin que je
demande à me tromper ! — Oui, je suis ridicule et
sotte, mais cet homme qui me fait peur ne reviendra plus ici, n'est-ce pas ?...

— Il reviendra souvent, au contraire... — Je vais
entreprendre avec lui des spéculations importantes...

— Soit !... Mais c'est vous qui le recevrez... Vous
ne m'imposerez pas sa présence.

— Vous le recevrez avec moi... — Et vous lui fe-

III   2

rẹz bon visage... — Et vous l'accueillerez com me un hôte, comme un ami dont les visites sont agréables...

— Non ! je ne ferai pas cela !...

— Je vous dis, moi, que vous le ferez...

La discussion ainsi commencée fut longue et orageuse. — Pour la première fois depuis son mariage madame Metzer refusa avec obstination de céder, et lorsque, deux jours après, la servante annonça Richard Elliot, elle s'enfuit dans son appartement particulier et il fut impossible à Daniel de la décider à paraître au salon.

Ceci pouvait et devait produire le plus déplorable effet sur le banquier millionnaire, l'Allemand naturalisé ne se le dissimulait point.

Qui sait si, blessé dans son amour-propre et dans ses sentiments d'une autre nature, il ne romprait pas brusquement les négociations à peine entamées au sujet de l'exploitation des mines d'or ?

Metzer, voulant éviter à tout prix un pareil échec, envoya Léonide et la mulâtresse passer quelques jours à Boudjareck.

Au moins ainsi il pourrait répondre à Richard Elliot :

— Ma femme, un peu souffrante, est partie pour la campagne... — Son déplacement sera d'ailleurs de courte durée et vous la verrez à son retour...

Ceci justifiait tout. — Le millionnaire ne pourrait

s'offenser d'un voyage, et personne n'ignore que
l'absence, pourvu qu'elle ne se prolonge pas trop
longtemps, avive les flammes amoureuses au lieu de
les éteindre.

C'est en revenant de Boudjareck, au bout d'une
semaine, que Léonide et la mulâtresse s'étaient trou-
vées, dans le coupé de la diligence, en compagnie du
baron de Tournade.

IV

Pendant l'absence de Léonide la passion de Richard Elliot avait notablement grandi.

Pour la première fois de sa vie peut-être il se sentait véritablement amoureux.

Regardant non sans raison Daniel Metzer comme un être méprisable, capable de trafiquer de son honneur comme d'autre chose s'il y trouvait de sérieux avantages, le millionnaire était prêt à consentir les sacrifices nécessaires pour arriver à ses fins, mais, fidèle à ses habitudes de calcul et de prudence, il voulait ne s'exécuter qu'à bon escient.

Être dupe d'un plus malin que lui, que ce fût en amour ou en affaires, lui paraissait un rôle inacceptable.

L'exploitation de la mine d'or pouvait, il est vrai,

devenir une très-brillante opération ; mais, en somme, rien n'était moins sûr.

Avant de s'associer à Metzer et d'aventurer des capitaux considérables dans une entreprise aléatoire, Richard Elliot tenait à avoir par-devers lui des preuves irrécusables de la bassesse de Daniel et de la fragilité de Léonide.

Tandis qu'il cherchait dans son imagination fertile en expédients quelque infaillible moyen d'arriver à ce résultat, le vieux Jupiter des Danaés complaisantes songeait à supplanter le lieutenant Georges Pradel auprès de la belle juive Rébecca.

Une seule intrigue amoureuse, — surtout quand cette intrigue n'était encore qu'à l'état de projet, — ne suffisait point à distraire ce papillon suranné.

Il savait à merveille que Rébecca ne résisterait guère aux perspectives agréablement ruolzées qu'il ferait miroiter devant elle.

S'il hésitait encore à inscrire sur sa liste déjà si longue le nom de cette nouvelle favorite, c'est que Georges Pradel, en sa double qualité de militaire et de mauvaise tête, lui inspirait une notable frayeur.

— Peut-être, — se disait-il, — le lieutenant prenant mal la chose se permettrait de me provoquer... Je sais bien que je ne me battrais sous aucun prétexte, mais alors il me tirerait les oreilles, ce qui serait désobligeant pour moi et me ferait du tort dans

2.

le monde... — Un peu de patience... — La juive est dépensière et le vide se fait aisément dans la bourse d'un officier... — Mon heure viendra... mieux vaut attendre...

Et il attendit en effet.

Le lendemain du retour de madame Metzer à Alger, Richard Elliot, prévenu par les soins de Daniel, accourut à la maison de la rue Bab-Azoun.

Léonide, prise à l'improviste et craignant de provoquer une effroyable scène, fut forcée de recevoir le visiteur.

Elle se montra contrainte et glaciale, mais le banquier n'était pas homme à se décourager.

Convaincu qu'il avait dans la place un allié, et le plus important de tous, il se croyait certain de réussir un peu plus tôt ou un peu plus tard et la froideur de madame Metzer ne pouvait qu'aviver la flamme malsaine qui brûlait en lui.

Ce blasé, ce corrompu, accoutumé à voir les femmes de vertu moyenne auxquelles il adressait ses hommages, éblouies, fascinées par ses millions comme les alouettes par le. miroir, se jeter à sa tête, trouvait un régal tout particulier et très-savoureux dans l'accueil si différent qu'il recevait de Léonide.

— Humaniser cette petite Vénus puritaine sera véritablement un plaisir divin!! — se dit-il.

Et il sortit de cette nouvelle entrevue dix fois plus

épris qu'il ne l'était au moment de son arrivée.

Daniel, à qui rien n'échappait, résolut à l'instant de tirer parti de la situation et de battre le fer pendant qu'il était chauffé à blanc.

Il emmena Richard Elliot dans son cabinet :

— Eh bien, cher banquier, — lui demanda-t-il, — êtes-vous décidé?... — Quand commençons-nous ensemble une exploitation qui doit faire ma fortune, augmenter la vôtre, et me permettre enfin d'entourer madame Metzer d'une luxe digne de sa beauté? — Ne vous semble-t-il pas comme à moi qu'elle sera bien jolie, madame Metzer, dans une tenue de millionnaire?... — Léonide et moi nous n'oublierons pas, quand nous serons riches, que nous vous devons la richesse...

Le sang monta violemment au visage du banquier qui devint pourpre. — En même temps ses petits yeux flamboyèrent d'un éclat phosphorescent sous les verres de son binocle monté en or.

Lorsque son émotion trop vive se fut un peu calmée, il dit :

— Mes réflexions sont faites... Ma décision est prise... — Assurément il y avait des difficultés... Mon vif désir de vous être agréable les a toutes aplanies...

Daniel appuya sa main gauche sur son cœur et tendit la droite à Richard Elliot.

Ce dernier reprit :

— Vous avez songé, je n'en doute pas, à jeter sur le papier les bases d'un acte d'association ?...

— Je m'en suis occupé à tout hasard, et le brouillon du projet est rédigé...

— Mettez-le donc au net et apportez-le-moi...

— Quand ?

— Demain matin, à onze heures... — Nous l'examinerons ensemble, nous y ferons, s'il y a lieu, les modifications nécessaires, enfin nous nous mettrons d'accord sur tous les points...

— Demain, à onze heures, je serai chez vous...

Daniel fut exact.

Au premier coup de onze heures il frappait à la porte du banquier, ayant dans sa poche le fameux projet, soigneusement revu, et transcrit de sa plus belle écriture.

Le rusé compère avait glissé dans le corps de l'acte la clause qui lui permettait de reprendre l'affaire pour lui seul, s'il survenait quelque différend entre les associés, à la condition de rembourser sur l'heure les avances faites par le banquier au moment de la dissolution de société.

Une autre clause établissait que le chiffre de ces avances devait être d'un demi-million.

Après quelques minutes d'une conversation insignifiante, Richard Elliot mit son binocle, se pencha vers le projet d'acte étalé sur son bureau, et le lut à haute voix.

Après la clause qui permettait à Daniel de rompre avec lui, en un cas donné, il s'arrêta et réfléchit.

Metzer attendait avec inquiétude le résultat de ces réflexions.

— Bah! — se dit le millionnaire, — il est presque pauvre... — Comment rembourserait-il cinq cent mille francs? — Aucun péril de ce côté.

Et il passa outre.

Daniel respira.

Richard Elliot acheva sa lecture et dicta quelques observations de détail qui furent consignées en marge du brouillon.

— Ainsi, — demanda Metzer, — moyennant ces modifications insignifiantes, nous sommes d'accord?...

— Absolument.

— Eh! bien, je vais ce soir même copier en double sur papier timbré, je vous apporterai demain les copies et nous signerons...

Le banquier ôta son binocle, caressa ses longs favoris, toussa comme pour s'éclaircir la voix et répondit :

— Demain je ne serai pas ici...

— Excusez-moi si ma question est indiscrète... — Où serez-vous donc?...

— A ma maison du Vieux-Rempart...

— Pourrai-je vous y porter les actes?

— Non, pas vous. — Mais vous pourrez me les envoyer...

— Par qui?...

— Il me serait particulièrement agréable que madame Metzer voulût bien se charger de ce soin...

Daniel tressaillit et en moins d'une seconde devint successivement très-rouge et très-pâle.

On a beau être un gredin de la plus vile espèce, et n'avoir dans les veines que de la boue au lieu de sang, lorsqu'on subit pour la première fois certains affronts directs, auxquels cependant il fallait s'attendre, on se révolte vaguement.

— Madame Metzer... — répéta le juif.

— Eh! mon Dieu, oui... — reprit Richard Elliot avec désinvolture. — Rien de plus simple d'ailleurs, et rien qui doive vous étonner, cher ami... — J'ai toujours pris plaisir à traiter une affaire sérieuse avec une jolie personne... — Le contraste d'un frais visage et d'un maussade papier timbré couvert d'un indéchiffrable grimoire me paraît adorable... — Et puis madame Metzer va devenir mon associée, aussi bien que vous-même, et j'ai l'intention de lui offrir, à titre d'épingles, une parure de perles fort belles qui, lorsqu'elle daignera les attacher à son cou, feront ressortir encore l'éclatante blancheur de sa peau...

Oh ! pas d'objection ! c'est mon droit, et la valeur du présent ne saurait vous effaroucher... Madame Metzer me fera, j'espère, l'honneur d'avoir confiance en moi... — Je l'attendrai à onze heures précises... — Remettez-lui les actes signés par vous, — celui qu'elle vous rapportera sera signé par moi... — et maintenant si je vous congédie ne m'en veuillez pas... — je suis attendu et je me dois à mes clients... — Au revoir, cher ami...

En regagnant la rue Bab-Azoun Daniel Metzer, malgré son absence de sens moral et en dépit de son cynisme, était honteux et épouvanté du rôle infâme que lui imposait Richard Elliot.

— Je sais bien, — se disait-il, comme pour plaider vis-à-vis de lui-même les circonstances atténuantes, — je sais bien qu'aucun danger ne menacera Léonide et qu'elle ne fera que rire des ridicules tentatives de son antique adorateur... Mais de quelle façon lui persuader cela et la plier à la démarche exigée par le vieux don Juan ?... — Et pourtant son obéissance est nécessaire ! Il y a des millions au bout !!...

V

En rentrant chez lui, Daniel essaya la tâche diffi-
cile de convaincre sa femme.

Il n'y réussit point.

La résistance inébranlable de madame Metzer le
mit hors de lui-même, lui fit perdre toute mesure, et
amena cette effroyable scène de fureur et de violence
à laquelle Georges Pradel avait assisté sans le vouloir depuis la chambre voisine.

Nous connaissons les résultats de cette scène.

Metzer n'espérant plus obtenir l'obéissance de
Léonide, et regardant en conséquence comme sin-
gulièrement compromise son association future avec
Richard Elliot, se rabattit sur l'espoir de trouver en
M. Domerat un commanditaire, grâce à l'influence
de Georges Pradel.

— Si le lieutenant devient amoureux, — pensat-il, — et c'est probable, il fera de telles démarches qu'il obtiendra le consentement de son oncle, et cela sans danger pour moi... Le jeunesse est timide et respecte l'objet aimé... — J'en serai quitte d'ailleurs pour surveiller de près... — Si Richard Elliot se ravise, je ne le découragerai point... — Il est toujours utile d'avoir deux cordes à son arc...

Nous avons vu Daniel présenter Georges à Léonide et nous savons l'effet produit sur les deux jeunes gens par la visite imprévue du banquier.

Il nous semble superflu d'ajouter que, malgré la nouvelle promesse faite à ce dernier par le juif, madame Metzer, le lendemain, n'alla pas plus à la petite maison du millionnaire qu'elle n'y était allée la veille.

Cette seconde déception exaspéra Richard Elliot, habitué à des succès payés argent comptant ; mais, tout en lui causant une irritation profonde, elle décupla l'intensité du sentiment qu'il éprouvait et que nous n'appellerons point *amour*, afin de ne pas profaner ce mot.

Il se jura que tôt ou tard la dédaigneuse Léonide lui appartiendrait, fallût-il employer la ruse ou la violence pour s'emparer d'elle, et sans trêve, sans relâche, il chercha le moyen [de tenir son serment, et de satisfaire à la fois sa passion et sa rancune.

III   3

Tout en tramant ces hideux projets, le banquier qui n'était pas homme à se passer de favorite, ne fût-ce que pendant une semaine, prenait auprès de Rébecca la place laissée libre par Georges Pradel, faisait de la belle juive sa maîtresse déclarée et l'installait pour toute la durée de son règne éphémère au logis galant du Vieux-Rempart.

Laissons s'écouler une quinzaine de jours.

Aucun incident de réelle importance ne s'était produit, mais un certain nombre de petits faits utiles à signaler avaient rempli ce laps de temps.

Daniel Metzer, ne pardonnant point à sa femme d'avoir fait échouer le plan si bien conçu dont la réussite ne dépendait que d'elle, la traitait avec une brutalité tudesque.

Léonide courbait la tête sous ces ouragans d'ignoble colère. — Martyre touchante et résignée, elle acceptait sans une plainte les injures et les reproches.

Le pauvre enfant ne jouissait d'une sorte de trève que pendant les visites de Georges Pradel à son mari.

Ces visites étaient fréquentes.

Le lieutenant venait passer une heure presque tous les soirs à la maison de la rue Bab-Azoun.

Il affirmait avoir écrit à M. Domerat, et en des termes si pressants que l'armateur du Havre ne pouvait manquer de prendre en sérieuse considération les grandes affaires qu'il lui signalait.

Georges savait bien que son échafaudage d'innocents mensonges croulerait fatalement un jour, et que ce jour ne pouvait tarder beaucoup ; mais, selon la coutume des amoureux, il sacrifiait l'avenir au présent, comptant sur quelque événement inattendu et invraisemblable, sur le hasard, sur l'impossible, et s'enivrant de la présence de la femme qu'il aimait avec ardeur, avec délire, plus que sa vie et plus que tout.

Daniel s'apercevait de cet amour sans en deviner l'étendue, et pour les motifs que nous savons il s'en applaudissait.

— Le brave lieutenant en sera pour ses soupirs !! — se disait-il en se frottant les mains. — Léonide ne remarque même pas la façon dont il la regarde !! — D'ailleurs je suis là... je veille !!

En supposant que madame Metzer ne s'apercevait de rien, le mari se montrait naïf.

La femme la plus chaste, la plus honnête, la plus candide, devine la tendresse qu'elle inspire, même quand cette tendresse lui déplaît ou la blesse.

Léonide se savait aimée.

Elle ne s'en étonnait pas et elle ne s'en irritait point.

Avec l'instinct presque infaillible des âmes fémi-

nines, elle avait conscience que l'amour de Georges
ne pouvait l'offenser, car un respect, un dévouement
sans bornes, ennoblissaient, purifiaient cet amour.

— C'est ici qu'est le péril... — pensait-elle. — Le
danger vient de l'homme dont je porte le nom ! —
Près de cet officier qui m'adore, je me sentirais en
sûreté comme une sœur l'est auprès de son frère...

Parfois, durant quelques secondes, Georges et
Léonide restaient seuls...

Ni à lui, ni à elle, l'idée n'était venue de mettre à
profit ces courts instants de tête-à-tête pour échanger
une de ces paroles qu'un mari ne doit pas entendre...

Mais, sans parler, ils se devinaient.

Un regard furtif de Georges disait :

— Vous savez bien que je vous appartiens.

Un regard timide de Léonide répondait :

— Je sais que je puis compter sur vous, ô mon
unique ami !

Daniel Metzer guettant, surveillant, espionnant,
assistait à tout cela, n'y voyait goutte, naturellement,
et se croyait bien fort et bien habile.

Des entrevues fréquentes, que rien ne motivait
en apparence, avaient lieu à la maison du Vieux-
Rempart, entre la belle juive Rébecca et Passecoul le
brosseur.

Ce dernier, depuis quelques jours, paraissait porter un intérêt prodigieux aux actions les plus

simples, aux démarches les plus insignifiantes du lieutenant.

Aussitôt que Georges sortait de chez lui, Passecoul s'attachait à ses pas et jusqu'au soir ne le perdait point de vue, en ayant soin d'agir avec assez d'adresse pour que cette bizarre surveillance restât inaperçue de celui qui en était l'objet.

Le jeune zouave, obéissant à quelque mystérieuse consigne, avait fait la cour à la servante de Daniel, action courageuse s'il en fut, la mulâtresse étant laide à elle toute seule comme les sept péchés capitaux !

Grâce à cette héroïque galanterie, Passecoul possédait ses entrées dans la maison de la rue Bab-Azoun et passait à la cuisine ou dans la cour mauresque le temps que Georges passait au salon.

Il ne tarissait point d'ailleurs en questions adressées à la mulâtresse, qui lui répondait avec candeur.

On aurait pu remarquer qu'à partir du moment où le brosseur espionna son lieutenant, il eut le gousset mieux garni que certains officiers.

Il ne se refusait plus rien, et, tandis que Georges Pradel dînait avec ses camarades à la pension militaire, Passecoul s'installait dans un restaurant à la mode et commandait un menu très-corsé.

Parfois il invitait le chasseur Raquin, et alors ces

deux bons sujets sablaient gaillardement le vin de Champagne, qui coûte cher en Algérie.

La nuit venue, lorsque Georges quittant la rue Bab-Azoun avait regagné son logis, le brosseur montait à sa mansarde ; mais, au lieu de se mettre au lit, il échangeait sa petite tenue contre un vêtement civil, et disparaissait pour ne revenir qu'au matin.

Ses relations avec les gens de mine suspecte qui, selon le lieutenant, devaient le conduire à mal, étaient plus fréquentes que jamais.

On le rencontrait surtout en compagnie du vieux juif Isaac Worms, honoré de la confiance du banquier Richard Elliot pour diverses affaires intimes, et père de la belle juive Rébecca, qui se montrait médiocrement libérale avec lui.

Ainsi que le baron de Tournade l'avait écrit à Georges quelques jours auparavant, quelques tribus se remuaient et les environs d'Alger, infestés de maraudeurs arabes auxquels se mêlaient, disait-on, un certain nombre de déserteurs français et des échappés des compagnies de discipline, n'offraient plus la moindre sécurité.

On pillait presque chaque jour les maisons de campagne situées aux alentours de la ville et que leurs propriétaires, effrayés d'un isolement plein de périls, abandonnaient à qui mieux mieux.

La circulation des voyageurs entre Alger et Blidah n'avait point été interrompue cependant.

La diligence continuait à faire le service.

Tantôt elle marchait avec les convois militaires, tantôt elle recevait une escorte de chasseurs d'Afrique.

Cette escorte laissait parfois la voiture prendre les devants, pour ne la rejoindre que là où commençait le danger des embuscades. — De leur côté les Arabes de la plaine étaient sans cesse aux aguets, attendant l'occasion de surprendre une proie facile.

On ne s'occupait au café d'Apollon et dans toute la ville que d'un drame émouvant qui venait de se passer aux portes d'Alger et dont nous empruntons les détails absolument historiques à un très-curieux travail inédit qui paraîtra bientôt sans doute : ONZE ANNÉES EN ALGÉRIE, par un médecin militaire extrêmement distingué, le docteur Burgkly.

La diligence descendait seule des hauteurs d'Ouled-Mandel, qui se penchent sur la Mitidja.

L'escorte attardée n'apparaissait point et aucun nuage de poussière ne signalait sa présence dans le lointain.

Les maraudeurs avaient la partie belle.

Ils bondirent brusquement, comme des jaguars, de derrière les buissons et les rochers qui leur servaient d'abri, et ils entourèrent la voiture en poussant des cris farouches.

VI

La diligence d'Alger à Blidah, semblable à celles dont on faisait usage en France avant l'établissement des chemins de fer, comportait un coupé, un intérieur et une rotonde.

Toutes les places étaient occupées et tous les voyageurs étaient des civils, à l'exception d'un sous-intendant militaire qui regagnait son poste après une absence de quelques jours.

Les Arabes, auxquels ne se trouvaient mêlés ce jour-là aucuns déserteurs, ouvrirent le coupé et la rotonde.

Par un hasard providentiel ces misérables, ignorant de quelle façon la voiture était distribuée, oublièrent la portière de l'intérieur.

Pendant qu'ils garrottaient et dévalisaient les

malheureux qu'ils venaient d'arracher de la rotonde et du coupé, on comprend les angoisses des voyageurs blottis à l'intérieur, au nombre de six, plus un enfant à la mamelle.

On entendait retentir au dehors les imprécations inintelligibles et menaçantes des agresseurs, les gémissements des victimes qu'on égorgeait sans doute.

A chaque seconde on s'attendait à voir s'ouvrir la fatale portière.

Une émotion encore plus poignante que la crainte de la mort était réservée à la mère qui pressait sur son sein son enfant endormi.

Un seul cri de la frêle créature, donnant l'éveil aux Arabes, pouvait et devait compromettre la vie de six personnes.

L'intérêt égoïste et farouche de la conservation inspira à cinq des voyageurs une résolution effroyablement lâche et cruelle.

Ils se concertèrent à voix basse et décidèrent que le petit être qui souriait dans son sommeil ne devait pas se réveiller et qu'il fallait assurer par un coup de couteau la sécurité de tous...

Les larmes, les supplications étouffées de la pauvre mère n'eurent d'autres résultats que d'obtenir la vie sauve pour l'enfant aussi longtemps qu'il dormirait.

3.

Le couteau resta levé sur sa gorge.

Au moindre mouvement une main sans pitié devait consommer l'immolation.

Le ciel ne permit pas l'accomplissement de cet acte monstrueux, bien autrement infâme que celui des pillards.

Déjà la moitié de ceux-ci poussaient vers les rochers voisins de la route les prisonniers dont ils comptaient faire leurs otages.

Les autres achevaient de décharger la diligence et de dévaliser les bagages.

Soudain un nuage de poussière et des coups de feu annoncèrent l'arrivée trop tardive de l'escorte.

Les maraudeurs prirent la fuite avec un ensemble parfait, abandonnant les captifs et n'emportant que le butin dont ils étaient déjà chargés.

La diligence se trouva libre comme par enchantement, et la pauvre mère ivre de joie ne craignit plus d'éveiller son enfant dans ses convulsives étreintes.

Cette courte anecdote, dont nous affirmons de nouveau l'authenticité absolue, explique et justifie la terreur qui régnait dans les environs d'Alger.

Revenons à notre récit.

Richard Elliot n'avait en aucune façon renoncé à ses projets sur madame Metzer, seulement la résistance imprévue de la jeune femme aux volontés de son mari, son refus obstiné de se rendre à la maison du Vieux-Rempart, l'obligeaient à modifier ses plans.

Il possédait maintenant une alliée nouvelle dont le nom peut et doit causer une certaine surprise à nos lecteurs.

Cette alliée n'était autre que la belle juive.

Rien au monde ne saurait donner une idée de la haine que cette créature ressentait pour Léonide.

On n'a point oublié sans doute la colère de Rébecca et ses menaces de vengeance contre Georges Pradel et contre la femme inconnue qui la supplantait auprès de lui, lorsque Passecoul lui avait remis la lettre de rupture du lieutenant, accompagnée d'un bracelet de vingt-cinq louis.

Il était dans le vrai ce jeune officier que nous avons entendu s'écrier, au café d'*Apollon*, au moment de la discussion entre Paul de Ménard et le baron de Tournade :

— J'avoue que Rébecca est merveilleusement belle... c'est incontestable et c'est indiscutable, mais la prodigieuse beauté de cette fille me paraît plus effrayante qu'attractive !... — La régularité inouïe de ses traits, la pâleur de son teint, l'indolence de ses mouvements, lui donnent l'air d'une statue parfaite, mais enfin d'une statue... — Ses lèvres pourpres, tranchant sur son visage mat, semblent teintes de sang... — Ses yeux sont trop grands, trop noirs, trop profonds... ils me font peur!...

Cent fois pour une il avait raison celui qui s'exprimait ainsi et se montrait, par son jugement, physionomiste de premier ordre.

Sous l'étrange perfection de sa forme plastique, la juive cachait une âme perverse et cruelle.

Sans entraînement dans l'amour, Rébecca était en même temps sans pitié dans la haine.

Il lui sembla que Georges, par qui elle se croyait éperdûment aimée, lui faisait, en la quittant le premier, une mortelle et impardonnable injure.

Ne pouvant s'attaquer directement à lui, elle résolut de se venger sur la rivale qu'elle devinait.

Avant toute chose il fallait connaître cette rivale.

C'est alors que la juive eut l'idée de s'adresser à Passecoul, de le payer et de le questionner.

Le brosseur ne savait rien, mais il y avait de l'argent à gagner, il y avait une mauvaise action à commettre en trahissant Georges Pradel dont la bonté pour lui ne s'était jamais démentie.

Passecoul promit de savoir, se fit l'espion du lieutenant, s'introduisit, grâce à la mulâtresse, dans la maison de la rue Bab-Azoun, et put bientôt dire à Rébecca :

— Votre ancien adorateur est amoureux, à en perdre la tête, de la femme de Daniel Metzer... et, entre nous, c'est assez naturel... — L'ennui naquit un jour

de la monotonie ! — Sans variété, que serait la vie?...
— Or vos cheveux, ô fille d'Orient, sont plus noirs
que l'aile du corbeau, et ceux de la belle Léonide
plus blonds que l'ambre et que les blés mûrs !... —
Concluez...

La juive eut une crispation nerveuse.

— Est-il son amant? — demanda-t-elle.

— Pas encore, mais pour peu que la dame ait bon
goût cela ne tardera guère. — Vous savez mieux que
personne combien mon lieutenant est joli garçon,
et le mari est un vilain monsieur...

— Je veux n'ignorer rien de ce qui peut survenir...
— reprit Rébecca. — Continuez votre surveillance...

. — Au même prix?...

— Oui, au même prix.

— C'est entendu, comptez sur moi...

Sur ces entrefaites la juive apprit par Isaac Worms
que Richard Elliot, de son côté, était épris de ma
dame Metzer.

— Elle veut donc me les prendre tous, cette
femme !! — murmura-t-elle avec rage.

Mais elle se calma bien vite. — La contraction de
ses sourcils s'effaça. — L'éclair de ses yeux s'éteignit. — Un mauvais sourire vint à ses lèvres.

— Eh bien, tant mieux ! — fit-elle entre ses dents
serrées. — Là sera ma vengeance !!

Le même soir, au moment où le banquier déposait sur ses genoux un bouquet de fleurs rares orné de quelques pierreries et lui disait en marivaudant :

— Houri du paradis de Mahomet, incomparable odalisque, parole d'honneur, je t'adore!!

Elle le regarda dans le blanc des yeux et répliqua brusquement :

— Ce n'est pas vrai !

— Hein ? — quoi? — qu'y a-t-il? — qu'est-ce que c'est? — s'écria Richard Elliot stupéfait. — Comment, je ne vous aime pas?

— Non! mon cher, et la preuve c'est que vous êtes fou d'une autre...

— Moi, grand Dieu!! et de qui donc?

— De madame Metzer.

Le vieux millionnaire changea de visage.

— C'est faux! — balbutia-t-il avec embarras, — c'est archifaux!! Qui vous a fait ce conte?...

La juive haussa les épaules.

— Vous imaginez-vous que je suis furieuse? — reprit-elle en riant, — et craignez-vous une scène?... Non, vrai, ce serait trop naïf! — Jalouse! moi! et de vous!! — Rayez cela de vos papiers! — Ce grand amour dont je ne suis point l'objet m'enchante au lieu de m'irriter...

— Par exemple!! — murmura Richard Elliot scandalisé de tant d'indifférence.

— Que voulez-vous, c'est comme ça !... — Oui, vous êtes épris de la blonde Léonide, vous la courtisez sans résultat, et vous n'avez à l'heure qu'il est aucune chance de réussite. — Est-ce vrai ?

— Hélas !

— Eh bien, grâce à moi, tout va changer... — Je me mets de moitié dans votre jeu... — Je veux votre succès !!

— Vous, Rébecca !... — C'est invraisemblable !!...

— Invraisemblable peut-être, mais vrai...

— Pourquoi seriez-vous mon alliée ? Dans quel but ?...

— Il faut bien vous l'avouer, car sans cela vous resteriez défiant malgré ma bonne foi !... — Je veux vous donner madame Metzer afin de l'enlever à un autre...

Le banquier tressaillit.

— Quel autre ? — s'écria-t-il.

— Georges Pradel !... — Le lieutenant Georges Pradel qui m'a quittée pour cette Léonide !... — Comprenez-vous maintenant ?...

— Je commence... — Vengeance de femme !... — Mais que pouvez-vous pour m'aider ?...

— Dites-moi tout... — Apprenez-moi les moindres détails de l'intrigue sans dénoûment, et ensuite je vous répondrai...

VII

Richard Elliot fit ce que demandait la juive et lui raconta, sans rien omettre, tout ce que nos lecteurs savent déjà.

A' la suite de ce récit un long entretien eut lieu entre les deux futurs complices, et dans cet entretien ils arrêtèrent un plan de conduite que nous ne tarderons guère à connaître par ses résultats.

Le lendemain, dans la soirée, le millionnaire prit le chemin de la rue Bab-Azoun, et se fit annoncer chez Daniel Metzer qu'il n'avait pas vu depuis quinze jours.

— Il revient ! c'est bon signe ! — pensa le juif quand la mulâtresse accourut le prévenir de cette visite inattendue.

Et donnant à son visage hypocrite une expression joyeuse, il s'empressa de rejoindre Richard Elliot au salon.

Le banquier, de son côté, avait une physionomie souriante, d'excellent augure pour les projets de Metzer.

Les deux hommes échangèrent une poignée de main cordiale.

— Quelle charmante surprise ! — s'écria Daniel. — Savez-vous, cher monsieur, que vous devenez rare ! !...

— C'est vrai... — répliqua le millionnaire avec une apparente bonhomie. — Je boudais, je ne fais nulle difficulté d'en convenir... — La défiance injurieuse de madame Metzer m'avait blessé au vif. — Voir suspecter les intentions les plus droites et les plus loyales est chose bien pénible, je vous assure !... — Je ne pouvais en prendre mon parti ! Mais j'ai réfléchi que vous n'étiez en définitive ni complice, ni responsable des préventions fâcheuses auxquelles obéit ma gracieuse ennemie ; je me suis dit qu'un caprice de jolie femme ne devait point creuser un abîme infranchissable entre deux hommes tels que nous, si bien faits pour s'entendre, et je suis venu...

Une nouvelle poignée de main, plus cordiale encore que la première, suivit ces paroles affectueuses.

— Je partageais absolument cette manière de voir,
— répondit Daniel, — et j'aurais eu l'honneur depuis
longtemps déjà de me présenter chez vous, si la
crainte de sembler importun ne m'avait retenu... —
Vous auriez pu mal interpréter une démarche toute
simple, et supposer que le désir de renouer les projets que vous connaissez motivait seul ma visite...

— Si cela eût été, quoi de plus naturel? — Ces
projets étaient sérieux... — Je n'ai point pour ma
part renoncé à y donner suite, et, si vos dispositions sont encore les mêmes, rien ne nous empêche
de songer de nouveau à une association fructueuse...

Malgré son empire sur lui-même le juif ne parvint
point à cacher la joie intérieure dont le reflet illumina
son large visage.

— Je serai plus que jamais très-honoré et très-
heureux de collaborer avec vous!!... — s'écria-t-il.

— Il ne peut être question désormais, vous le
comprenez, de faire intervenir directement madame Metzer en tout ceci... — reprit le banquier. —
Nous supprimerons de cette manière jusqu'à l'ombre
d'un prétexte de malentendu...

— Madame Metzer est une sotte!! — dit le juif
d'un petit ton dédaigneux. — Sa grande jeunesse
peut cependant lui servir de circonstance atténuante.
— Je la regarde comme une enfant... La raison lui
viendra plus tard...

Et, sans transition, il ajouta :

— Les actes modifiés dans le sens convenu sont prêts... — Vous plaît-il de les signer sur-le-champ?...

— Rien ne presse... — répliqua le millionnaire. — L'association est admise en principe... — Vous pouvez compter sur moi, mais je désire cependant, avant d'engager ma signature, me rendre compte de la situation mieux et d'une façon plus complète que je ne l'ai fait jusqu'à présent...

— Le moyen?

— Il est très-simple. — Si je ne me trompe, vous possédez à Boudjareck non-seulement un domaine mais une maison...

— Vous ne vous trompez pas...

— Eh bien, au risque de vous causer un dérangement fort grand, je sollicite de madame Metzer et de vous une hospitalité d'une semaine que nous consacrerons à des études indispensables et à des travaux préparatoires... — Je me charge d'amener un homme expert en métallurgie et pour qui l'exploitation des mines n'a point de secrets... — Il prendra son quartier général à Blidah et dirigera nos agissements... — Cela vous va-t-il?...

— Certes! Mais je dois vous prévenir que la maison est des plus simples et qu'un raffiné comme vous, habitué aux mille recherches du luxe et du comfort, n'y trouvera que le nécessaire... et encore tout au plus...

— Vous avez bien un lit à m'offrir?...

— Sans doute... — Le meilleur du logis... — Ce qui ne veut pas dire qu'il soit bon...

— C'est là un détail sans importance... — Je m'accommoderais au besoin d'un lit de sangle, ou même d'un simple matelas. — Il s'agit d'un voyage d'affaires et non d'un voyage de plaisir...

— Puisqu'il en est ainsi, nous sommes à vos ordres...

— Quand partirons-nous?

— Quand vous le jugerez convenable... Disposez de nous...

— Le plus tôt sera le mieux... — Je suis d'avis de nous mettre en route dès demain...

— Demain soit... — Permettez seulement — (et à cela je tiens beaucoup) — que madame Metzer et moi nous vous précédions de vingt-quatre heures...

— Pourquoi faire?...

— Pour donner le coup d'œil du maître au logis abandonné et pour nous éviter de rougir d'une hospitalité trop misérable...

— Je cède à regret; mais surtout pas de folies!...

— Oh! soyez tranquille, cher monsieur Elliot, — répliqua Daniel en souriant, — avec la meilleure volonté du monde les folies seraient impossibles en ce pays perdu...

— Présentez donc à madame Metzer mes plus respectueux hommages, — reprit le banquier, — et priez-la d'accepter mes excuses au sujet d'un déplacement qui, j'en ai peur, lui paraîtra fort inopportun...

Daniel reconduisit son hôte jusqu'à la porte donnant sur la rue, puis il gagna l'appartement de sa femme.

Léonide, assise auprès d'une étroite fenêtre donnant sur la cour mauresque, tenait un livre ouvert entre ses mains tremblantes, mais ne lisait pas.

Elle était plus pâle que de coutume et semblait au moment de se trouver mal.

— Qu'avez-vous? — lui demanda brutalement Daniel. — Pourquoi cette mine de l'autre monde?...

— Je suis très-souffrante... — balbutia la pauvre femme.

— Souffrante! — répéta le juif. — Ce n'est pas le moment!! — Remettez-vous au plus vite et faites vos préparatifs de départ... — Nous nous mettons en route demain au point du jour... — Une simple malle suffira... — Notre absence sera de courte durée... — Serez-vous prête?...

— Vous savez bien que j'ai l'habitude de vous obéir...

— Hum ! — murmura le juif, — pas toujours ! ! — Vous ne me demandez point quel est le but de notre voyage ?

— Pourquoi le demander ? — Ici ou ailleurs, que m'importe ?...,

Daniel haussa les épaules.

— Cette comédie de résignation est absurde et ridicule ! — s'écria-t-il. — Vous n'êtes victime de personne et personne ne vous martyrise ! ! — Je veux bien vous dire que nous allons à Boudjareck... — Avez-vous besoin de la mulâtresse ? Faut-il vous l'envoyer ?...

— C'est inutile... Je me suffirai seule...

— A votre aise !... — Ah ! souvenez-vous que vous ne recevrez personne aujourd'hui... — Si M. Georges Pradel se présentait, on lui répondrait que je suis sorti, ce qui serait vrai, car je sors... — Je vais donner des instructions à la mulâtresse en conséquence...

Et Daniel quitta la chambre.

Léonide, aussitôt qu'elle se trouva seule, cacha son visage dans ses mains et se mit à pleurer.

La pauvre enfant savait déjà ce que son mari croyait lui apprendre. — Elle savait même que Richard Elliot serait son hôte à Boudjareck.

Le banquier — (depuis le jour où il s'était fait présenter à elle) — lui inspirait un profond dégoût, une insurmontable terreur.

Instruite par la mulâtresse de sa présence au salon avec M. Metzer, comprenant que les relations qu'elle croyait rompues allaient se renouer, pressentant quelque nouveau malheur, quelque honte nouvelle, et mue, non par un sentiment de curiosité vulgaire, mais par un instinct plus fort que sa volonté, elle était descendue, elle avait écouté, elle avait entendu...

Richard Elliot habitant sous son toit pendant une semaine!! partageant sa vie!! s'asseyant à sa table!! maître de la voir et de lui parler à toute heure!!...

Rien au monde ne pourrait exprimer le trouble et l'épouvante qui s'emparaient de son âme à cette pensée...

Un complot s'ourdissait contre elle. — Elle en était sûre. — Le voyage du banquier et son séjour à Boudjareck cachaient un piège. — Elle n'en doutait pas. — Un effroyable et inévitable péril planait sur elle. — Elle en avait conscience.

Elle n'aurait pu définir le péril... — Elle ignorait quel serait le piège, mais elle se sentait condamnée...

Le prisonnier promis à l'échafaud, à qui l'on annonce que son recours en grâce vient d'être rejeté et dont ce rejet anéantit la suprême espérance, doit éprouver une sensation à peu près pareille...

Léonide se tordait les mains et balbutiait en sanglotant :

— Je suis seule au monde ! ! — Pour veiller sur moi, pour me protéger, pour me défendre, personne ! ! — Dieu juste, n'aurez-vous pas pitié de moi ? — L'homme à qui vous m'avez unie, l'homme qui devrait être mon plus ferme soutien, est mon plus dangereux ennemi ! ! — Mon Dieu... Seigneur mon Dieu, envoyez-moi donc un sauveur ! — Si vous m'abandonnez, mon Dieu, je suis perdue ! !

Tandis que la malheureuse enfant élevait ainsi vers le ciel son âme suppliante, la porte en s'ouvrant brusquement la fit tressaillir. — Elle tourna la tête à demi et vit sur le seuil Dolorès dont un large sourire écartait les lèvres lippues.

— Maîtresse à moi, — dit la mulâtresse, — li joli militaire, mousié Georges... — Maître à moi, bien défendu li entrer... mais si gentil, joli militaire... li vouloir, et moi pas voulu chagriner li !... point dire à maître, s'il vous plaît, qui pas content... mousié Georges au salon, attendre... — maîtresse à moi veni tout de suite...

VIII

Il est incontestable que la mulâtresse éprouvait une assez vive sympathie à l'endroit de l'officier surnommé par elle *li joli militaire*.

Cette sympathie aurait-elle suffi pour lui faire enfreindre la consigne imposée par M. Metzer?

Cela nous paraît au moins douteux mais une pièce d'or, tombant de la main fine de Georges Pradel dans la main bistrée de Dolorès, avait réduit à néant ses scrupules et le jeune homme, introduit au salon en l'absence de Daniel, pouvait espérer un assez long tête-à-tête avec Léonide, si cette dernière consentait à le recevoir.

Elle ne songea même pas à refuser l'entrevue souhaitée avec tant d'ardeur par le lieutenant.

L'arrivée de Georges à la minute précise où elle demandait à Dieu de lui envoyer un sauveur lui parut providentielle.

— Non, — pensa-t-elle avec une sorte d'exaltation superstitieuse, — non, je ne suis pas seule au monde, je ne suis pas abandonnée de tous !!... — Celui-là, je le crois, je le sens, est un ami sincère et loyal qui donnerait sa vie pour moi !! — Mais, s'il peut quelque chose, que pourra-t-il?...

Elle ajouta tout haut, en s'adressant à la mulâtresse :

— Allez dire à M. Pradel que je le rejoindrai dans un instant.

Dolorès sortit enchantée. — La réponse de madame Metzer allait combler de joie le visiteur dont la pièce d'or frétillait dans sa poche.

La bonne fille était reconnaissante.

Léonide tourna les yeux vers une glace qui se trouvait en face d'elle et fit un geste de stupeur.

Ses traits crispés, ses paupières gonflées et rougies, lui donnaient l'air d'une agonisante.

A plusieurs reprises elle baigna d'eau fraîche sa figure brûlante.

Elle renoua sa chevelure dont les flots soyeux aux reflets d'or tombaient en désordre sur sa poitrine et sur ses épaules, puis elle se contempla de nouveau :

— Certes, je suis méconnaissable!! — murmura-
t-elle. — Fragile beauté qu'une heure de souffrance
anéantit!! Quelle femme, à moins d'être insensée,
pourrait s'enorgueillir de ce triste avantage!!...

Elle descendit.

La mulâtresse venait de quitter le salon après avoir
apporté une lampe et allumé deux bougies.

Georges attendait avec un inexprimable battement
de cœur, debout et les regards fixés sur la porte par
laquelle madame Metzer devait entrer.

Cette porte s'ouvrit sans bruit. — Léonide parut, et
pendant une ou deux secondes s'arrêta en pleine lumière.

Une expression d'étonnement douloureux se peignit sur le visage du lieutenant.

— Oui, n'est-ce pas, je vous fais peur? — balbutia la jeune femme avec un sourire plein d'amer-
tune.

— Au nom du ciel, madame, qu'avez-vous? —
s'écria Georges. — Ou vous éprouvez une douleur
immense, ou vous redoutez un malheur sans nom!!...

— Que se passe-t-il donc ici? — Je vous le demande
à genoux, madame, ayez en moi la confiance que
vous accorderiez à un frère!... — J'en suis digne, je
vous le jure!! — Dites-moi tout!!

Léonide essaya de répondre...

Elle n'en eut ni le temps, ni la force...

Ses nerfs, bandés à se rompre, se détendirent brusquement.

Sa poitrine se souleva. — Des sanglots convulsifs, montant de son cœur à sa gorge, étouffèrent ses paroles; ses larmes, jaillissant soudain, ruisselèrent comme une pluie d'orage sur ses joues d'une pâleur mortelle.

D'étranges frissons effleuraient sa chair. — Elle tremblait de tous ses membres et ne se soutenait qu'à peine.

Georges, effaré, la souleva dans ses bras et la porta doucement jusqu'à ce même siége sur lequel il l'avait assise, défaillante et presque inanimée, le soir de la visite inattendue de Richard Elliot.

Là il s'agenouilla devant elle, et reprit d'une voix suppliante :

— Ayez pitié de moi, madame!... — Vous voir souffrir ainsi, c'est trop!!... — Quelque douleur qui vous atteigne, quelque malheur qui vous menace, j'en veux, j'en exige ma part!! — Ne croyez pas que je ne peux rien pour vous... — Mon dévouement n'a point de limites, et l'homme est fort quand il est prêt à tout!!...

Au bout de quelques minutes la crise violente dont Georges était le témoin s'apaisa peu à peu.

Un calme relatif lui succéda.

Madame Metzer recouvra l'usage de la parole et répondit d'une voix à peine distincte :

— Oui, vous êtes mon ami, je le sais, je le crois... En vous est mon unique espoir et je ne veux rien vous cacher... — Écoutez-moi... le temps nous presse... il faut parler à l'instant ou jamais... Ma tête s'égare... Il me semble que je deviens folle... Si le désordre de mes paroles trahit le trouble de ma pensée, comprenez-moi, devinez-moi quand même...— Nous partons demain !!...

— Vous partez ! — répéta le lieutenant. — Votre mari vous emmène !!...

— Oui.

— Où vous conduit-il?

— Dans cette maison isolée qui m'appartient, près de Blidah...

— Devez-vous y rester longtemps?

— Une semaine, je crois...

— Pourquoi ce voyage vous cause-t-il une si profonde terreur?...

— Parce qu'à Boudjareck nous ne serons pas seuls... — M. Metzer attend un hôte... et cet hôte est un homme que je méprise, que je hais, et dont les regards attachés sur moi me font frissonner de dégoût et pâlir d'épouvante.

— Richard Elliot? — s'écria l'officier.

— Oui, Richard Elliot...

4.

— Ah! — murmura Georges. — N'ajoutez rien... j'ai compris... c'est hideux!!...

Léonide laissa retomber sa tête sur sa poitrine et fit un geste d'une muette et navrante éloquence.

— Quand partez-vous? — reprit le lieutenant.

— Demain, au point du jour...

— Quand l'odieux banquier doit-il vous rejoindre là-bas?...

— Le lendemain de notre arrivée.

— Eh bien, rassurez-vous, madame!! — Entre vous et le danger il y aura quelqu'un...

— Vous, n'est-ce pas?

— Moi, et avec l'aide de Dieu je suffirai à cette tâche sainte!!...

— Que ferez-vous? Que pourrez-vous faire?...

— Je l'ignore... Les circonstances m'inspireront... — Je vous l'ai dit, je suis prêt à tout!... — Je ne reculerai devant rien!... — S'il faut tuer Richard Elliot, je le tuerai comme un reptile!!...

Léonide tressaillit.

— Du sang!... — balbutia-t-elle.

— Qu'importe? — Tout moyen de salut n'est-il pas légitime?... Tout n'est-il pas permis pour empêcher un crime infâme et lâche? D'ailleurs un officier n'assassine jamais!... Si je frappe, je frapperai en face un ennemi armé qui pourra se défendre...

Madame Metzer se prit à trembler.

— Mais alors, — s'écria-t-elle, — ce danger que
vous éloignerez de moi, vous l'appellerez sur vous!!
— Je ne veux pas! Je vous le défends!! — Abandonnez-moi, je vous en supplie, je vous l'ordonne...
— Je me défendrai seule...

— A quoi bon me parler ainsi, madame? — répondit Georges impétueusement. — A quoi bon me demander cela? — Vous savez bien que je ne suis point
un lâche et qu'obéir est impossible!... Est-ce que le
devoir d'un galant homme, d'un Français, d'un soldat, n'est pas tracé d'avance? — Pour une inconnue
en péril, sans hésiter il doit risquer sa vie!! Pour
vous, madame, pour vous que j'aime, combattre serait un bonheur et mourir serait une ivresse!!

En entendant pour la première fois cet aveu que la
violence de la situation arrachait aux lèvres de Geor-
ger, Léonide cacha dans ses deux petites mains son
visage devenu pourpre, tandis qu'un long soupir
s'échappait de son sein.

Le lieutenant continua, d'une voix plus basse et
comme brisée :

— Pardonnez-moi, madame... J'ai dit ce que je ne
voulais pas dire, ce que j'aurais dû taire, et le cri de
mon cœur a jailli malgré moi... — Vous savez maintenant le secret que vous aviez deviné peut-être,
mais mon aveu n'est point une offense, car, Dieu
m'en est témoin, jamais croyant prosterné devant

l'autel de la divinité qu'il implore n'a mis plus de respect dans son immense amour!! Oubliez des paroles que vous n'entendrez plus... — Mon dévouement s'affirmera désormais par des actes... Mon adoration sera muette!... — Vous voyez bien, madame, qu'il faut me pardonner...

La jeune femme releva la tête et posa sa main frémissante sur le front du lieutenant incliné devant elle et qui devint très-pâle sous la pression légère de cette main adorée.

Léonide, profondément émue, subissait à son insu la contagion de l'enthousiasme qu'elle inspirait.

En se sentant si sincèrement, si loyalement aimée, pouvait-elle se souvenir que cette passion ardente était une passion coupable ?

Cent fois non !...

Aussi répondit-elle, avec un élan presque pareil à celui de Georges :

— Je n'ai rien à vous pardonner... — Le pardon suppose une offense et vous n'en avez point commis... — J'accepte le généreux dévouement que m'offre votre cœur! — Si vous veillez sur moi, je serai bien gardée!! — J'étais folle d'angoisse et je désespérais... — Le calme et l'espérance, vous m'avez tout rendu!! — Relevez-vous, mon chevalier!... J'ai foi en vous... Je n'ai plus peur...

Le lieutenant saisit les deux mains de Léonide, et,

malgré la faible résistance de la pauvre enfant, il les couvrit de baisers.

Puis, incapable de prononcer une parole tant était grand le désordre de son esprit, il s'élança hors du salon et quitta la maison de la rue Bab-Azoun.

Il avait la tête en feu et le paradis dans le cœur.

IX

Une heure après la visite de Georges Pradel,
Daniel Metzer rentrant chez lui trouvait sa femme
assise auprès d'une malle remplie de linge et de vêtements, et qu'il ne restait qu'à fermer.

— A la bonne heure, — dit-il, — vous êtes obéis-
sante ce soir... — Je vous en fais mon compliment
sincère... — Plus de révoltes à l'avenir... c'est un
conseil d'ami... je ne les tolérerais pas...

Léonide garda le silence.

— Que cet homme est lâche !! — pensa-t-elle ; —
s'il me savait un défenseur, il parlerait moins haut...

Daniel reprit :

— On vient de me remettre à l'instant un billet de
M. Elliot...

Léonide frissonna.

— Je comptais voyager dans la diligence, — continua Daniel, — j'avais même retenu le coupé tout entier pour nous deux et pour Dolorès, mais mon futur associé fait grandement les choses... — Ce gentleman accompli me prévient qu'une de ses voitures viendra nous prendre au point du jour et que nous trouverons, à mi-chemin, un relai de chevaux frais... — Il a poussé la galanterie et la prudence jusqu'à demander pour nous au bureau arabe une escorte qui lui coûtera fort cher... — Bref, nous allons goûter demain un plaisir de millionnaire, et le gouverneur de l'Algérie ne se déplace pas dans des conditions plus complètes de confortable et de sécurité !! — Que dites-vous de cela, ma chère ?...

— Je ne tiens ni à la fortune, vous le savez bien, — répliqua la jeune femme, — ni aux avantages qu'elle procure... — Ces choses qui vous charment me sont indifférentes...

Metzer haussa les épaules avec dédain et quitta la chambre en grommelant.

Le lendemain, à l'heure convenue, une grande calèche découverte, parfaitement attelée et conduite par un postillon en livrée de fantaisie, s'arrêtait devant la maison mauresque de la rue Bab-Azoun.

Le postillon remplissait l'air des claquements de son fouet ; les chevaux agitaient leurs grelots ; l'escorte bien armée attendait à quelques pas.

Daniel fit charger derrière la voiture non-seulement la malle de sa femme et sa propre valise, mais un vaste coffre rempli de provisions de bouche et de bouteilles de vin de Champagne achetées tout exprès pour fêter le banquier.

Certains avares savent devenir prodigues quand l'intérêt le leur commande, — Daniel en était la preuve vivante.

Le voyage s'accomplit d'une façon rapide et sans incidents.

L'escorte, abreuvée amplement, fut congédiée. — On remisa la calèche sous un hangar ; — on envoya les chevaux et le postillon à Blidah.

Léonide passa une nuit calme.

Elle savait n'avoir rien à craindre tant que Richard Elliot ne serait point son hôte.

Daniel consacra la journée du lendemain à des préparatifs de toute sorte.

Le banquier devait arriver dans l'après-midi. — Il fallait qu'on pût lui servir un repas presque digne d'un gourmet tel que lui.

Tandis que Daniel se donnait beaucoup de mal afin d'obtenir ce résultat, gourmandait la mulâtresse dont les talents de cordon bleu étaient de second ordre, et quittait la cuisine tantôt pour surveiller les travaux d'un tapissier de Blidah ajustant des rideaux aux fenêtres et au lit de la chambre destinée au visiteur attendu, tantôt pour aller jeter un coup d'œil amoureux sur les paillettes étincelantes mêlées au sable du ruisseau, Richard Elliot, parti d'Alger dès le matin, roulait dans une voiture encore mieux attelée et avec une escorte encore plus nombreuse que la voiture et que l'escorte mises par lui la veille aux ordres du mari de Léonide.

Le banquier n'était pas seul.

Une femme grande et mince, de tournure et de mise élégantes, cachant ses traits sous une voilette de dentelle noire, occupait avec lui le fond de la calèche.

De temps en temps cette femme roulait une cigarette entre les doigts un peu vulgaires de ses mains nues et couleur d'ambre, demandait du feu à son compagnon, et soulevait son voile pour aspirer à son aise d'amples bouffées de fumée blanche.

On pouvait voir alors le visage pâle et régulier et les yeux superbes et inquiétants de Rébecca la belle juive.

Aussitôt la cigarette consumée, le voile retombait.

La conversation du reste était languissante entre l'hétaïre algérienne et le millionnaire. — C'est à peine si, à de longs intervalles, ils échangeaient quelques paroles.

A coup sûr Richard Elliot et Rébecca s'absorbaient

chacun de leur côté dans une préoccupation profonde et peut-être identique.

Tout à coup, après un silence, le banquier dit brusquement :

— Tu es certaine, au moins, qu'elle ne te connaît pas ?...

La juive tressaillit.

— C'est de la femme de Daniel Metzer que vous parlez ? — demanda-t-elle.

— Oui.

— J'en suis certaine... — Comment pourrait-elle me connaître ? — Où m'aurait-elle rencontrée ?

— Dans la rue... au théâtre...

— Qui lui aurait appris mon nom ?

— Tout le monde... Daniel lui-même...

Rébecca secoua la tête et reprit :

— C'est impossible !... — je ne l'ai jamais vue, moi, cette femme !! — Si le hasard nous avait mis. en présence, cette beauté que vous dites incomparable et qui s'empare des cœurs des jeunes hommes et des cœurs des vieillards aurait certes frappé mes yeux...— Soyez tranquille d'ailleurs, votre houri aux prunelles de saphir et aux cheveux d'or entendra ma voix, mais sans voir mon visage... — Elle ignorera si je suis jeune... elle ne saura pas si je suis belle...

— Et tu as bien appris ton rôle ?

— Un rôle comme le mien ne s'apprend pas... il s'improvise...

— Madame Metzer est défiante... — Il suffirait d'une hésitation pour lui inspirer des doutes ; — du doute au soupçon la distance est courte, et qui soupçonne se tient sur ses gardes...

Rébecca haussa les épaules.

— Vous me faites pitié ! — dit-elle. — Je suis ignorante, c'est vrai, et mon intelligence est étroite !... — On ne m'a rien appris et je ne sais pas lire... — Les uns m'appellent *la belle Juive*, les autres me nomment *la belle brute* ! Soit ! mais l'instinct subtil de la brute est plus infaillible parfois que l'esprit raffiné, et je défie vos femmes de France d'abuser une rivale ou de duper un amant mieux que moi !...

Richard Elliot se mit à rire, ou plutôt à ricaner selon son habitude, et s'écria :

— Bravo, ma fille ! — Superbe, la tirade !... — Ceux qui t'accusent d'être bête te calomnient avec impudence !!... — Tu es un type !... une nature !! — J'ai confiance...

La juive roulait son éternelle cigarette.

— Donnez-moi du feu... — fit-elle au lieu de répondre.

Puis le silence recommença.

Nous n'avons pas besoin d'affirmer que le banquier

ne menait point sa compagne chez Daniel Metzer.

Il fit arrêter sa calèche à Blidah devant une hôtellerie de médiocre renom, dont le propriétaire était son débiteur et se trouvait par cela même à sa dévotion.

Il installa dans la meilleure chambre Rébecca toujours voilée et son léger bagage ; il recommanda à l'aubergiste d'avoir pour la jeune femme des égards particuliers ; d'obéir à tous ses ordres ; de se prêter à tous ses caprices, même à ceux qui lui paraîtraient inexplicables, et il continua son chemin.

Une demi-heure plus tard il arrivait à Boudjareck où, — (pour nous servir d'une expression tout à fait de circonstance), — le juif l'accueillit comme le messie.

— Ravi de vous voir... enchanté, vraiment, cher ami et futur associé... — dit Richard Elliot en mettant pied à terre et en serrant les mains de son hôte.

Il jeta un coup d'œil autour de lui, et il continua :

— Très-gentille, cette bicoque ! Le jardin me paraît pittoresque en diable !! — Nous examinerons tout cela plus tard... Mais où donc est madame Metzer ?...

— Ne lui reprochez pas son absence... — répliqua Daniel. — Vous seul en êtes cause...

— Moi ?... par exemple !!... — commença le banquier.

— Eh ! sans doute ! l'unique cause !! Léonide n'a
voulu céder à personne le soin de s'occuper de vous...
— interrompit Metzer. — Elle surveille en ce moment les derniers détails de votre installation qui
sera bien mesquine, hélas, je ne me le dissimule
point !! Mais, si insuffisante que vous paraisse notre
hospitalité, vous l'accepterez cependant avec indulgence, sachant combien elle est offerte de grand
cœur ! — Madame Metzer, un peu nonchalante d'habitude, n'est point reconnaissable aujourd'hui !... —
Elle se multiplie depuis ce matin en songeant à
vous !... Elle m'étonne !...

Richard Elliot devint rayonnant.

— Ce que vous m'apprenez là m'enchante ! —
fit-il avec la surprenante fatuité d'un céladon millionnaire habitué aux faciles bonnes fortunes, et tout
bas il ajouta :

— Il paraît que mes affaires sont en bonne voie !
— La jolie blonde s'humanise enfin ! — Je me suis
trop hâté peut-être d'amener ici Rébecca...

X

Il fallut bien cependant que Daniel Metzer se décidât à aller chercher sa femme, et l'accueil glacial de Léonide, si différent de la réception empressée que les paroles mielleuses du juif semblaient promettre, démontra de façon surabondante au banquier qu'il avait eu cent fois raison d'amener Rébecca et de compter uniquement sur elle pour la réussite de ses projets.

La contrainte manifeste de madame Metzer et le désappointement du millionnaire attristèrent la première moitié du repas, mais Daniel versa tant de vin de Champagne à son hôte qu'il finit par l'égayer, et, quand arriva le dessert, Richard Elliot un peu gris tint des propos si lestes et chanta de si vives gaudrioles, que Léonide quitta brusquement la table, malgré les efforts de son mari pour la retenir, et se retira dans la chambre qu'elle occupait lors de ses séjours à Boudjareck.

La nuit était venue, — une nuit d'Afrique, splendide et presque lumineuse. — Des myriades d'étoiles scintillaient dans le firmament d'un bleu sombre. — Le disque de la pleine lune, pareil à un bouclier rougi au feu de la forge des Titans, surgissait à l'horizon au-dessus de la colline rocheuse dont les flancs renfermaient la mine d'or.

Léonide ferma la porte à double tour, poussa les verrous intérieurs, glissa sous l'oreiller de son lit un couteau pointu et bien affilé dont elle avait eu soin de se munir; puis, ouvrant une fenêtre qui donnait sur le jardin, elle regarda la campagne paisible que les clartés lunaires semblaient couvrir d'une gaze tissue d'argent.

Au rez-de-chaussée, immédiatement au-dessous de la chambre de madame Metzer, retentissaient par intervalle le choc des verres et le refrain des gaudrioles de Richard Elliot.

Quand ces bruits bachiques faisaient trève, un grand silence remplissait l'espace.

A peine entendait-on au loin l'aboiement plaintif d'un chacal ou le cri d'un oiseau nocturne.

La jeune femme sentit une profonde mélancolie

s'emparer de son âme oppressée. — De grosses larmes, se suspendant à son insu aux cils de ses paupières, coulèrent une à une sur ses joues.

Elle allait refermer la fenêtre et se jeter sur son lit pour demander au sommeil l'oubli de ses angoisses, quand tout à coup son cœur se mit à battre avec violence.

Les grands arbres voisins de l'habitation projetaient sur le sol leurs ombres immobiles, formant çà et là des taches noires.

Léonide vit une forme blanche, aux contours à peine distincts, glisser dans ces ténèbres factices, éviter avec soin les parties éclairées par la lune, côtoyer la lisière des massifs et s'arrêter juste en face de la maison dont un intervalle de soixante-dix ou quatrevingts pas la séparaient.

Que signifiait cette apparition?...

Les vêtements blancs couvrant une forme humaine étaient-ils le costume de toile d'un colon ou le burnous d'un maradeur arabe?...

Le nocturne rôdeur pouvait être un curieux, un ami ou un ennemi...

Dans laquelle de ces trois catégories fallait-il le ranger?...

Peut-être la plus simple prudence exigeait-elle impérieusement que la jeune femme donnât l'éveil.

Léonide, sous l'impression de toutes les histoires

de vols et de violences qui, depuis quelques semaines, préoccupaient l'esprit public, allait prendre ce dernier parti.

Déjà elle se dirigeait vers la porte, prête à l'ouvrir et à crier à Daniel :

— Prenez garde ! — Quelque chose de suspect se passe dans le jardin...

A mi-chemin elle s'arrêta, en tressaillant plus fort qu'elle ne l'avait fait un instant plus tôt.

Une idée soudaine, pareille à ces éclairs qui pendant une seconde illuminent les ténèbres, venait de traverser son cerveau.

— Qu'allais-je faire ? — murmura-t-elle. — Et si c'était Georges Pradel !! — Si je dénonçais à mon mari l'ami qui m'a juré de veiller sur moi et qui tient sa promesse !! — La balle d'une carabine, l'atteignant dans la pénombre où il se croit caché, serait donc la récompense de son dévouement !! — Et c'est moi qui l'aurais trahi !! — Non, cent fois non !! — Dans le doute je m'abstiendrai ! — Au risque d'attirer sur cette maison le pillage et l'incendie si je me trompe, je n'appellerai pas !!

Disons-le tout de suite, Léonide ne doutait plus quoiqu'elle parlât de doute.

Elle se croyait désormais certaine, non de reconnaître mais de deviner le lieutenant, et elle se reprochait, comme un manque de foi coupable, de n'avoir

5.

point compris tout d'abord qu'il devait se trouver près d'elle, puisque d'une heure à l'autre elle pouvait avoir besoin qu'il fût là.

Elle revint vivement à la fenêtre et de nouveau plongea ses regards dans les profondeurs du jardin.

Rien ne tranchait plus sur les grandes ombres uniformes que les vieux arbres étendaient à leurs pieds.

La forme blanche avait disparu.

Léonide attendit longtemps, espérant la voir reparaître.

Cette fois encore son espoir fut trompé. — L'apparition demeura invisible.

Le choc des verres cessa de se faire entendre. — Les lumières s'éteignirent au rez-de-chaussée. — Dolorès assujettit sur les fenêtres les lourds volets aux ferrures massives et rentra dans la maison.

Des pas lourds et titubants ébranlèrent les marches de l'escalier. — Des portes s'ouvrirent et se refermèrent.

Daniel Metzer conduisait à l'appartement préparé pour lui Richard Elliot aux trois quarts ivre, et sollicitait l'honneur de lui tenir lieu de valet de chambre.

Le millionnaire acceptait sans se faire prier les services du maître du logis. — A peine déshabillé, il tombait sur son lit comme une masse inerte. — Cinq minutes plus tard il dormait d'un lourd sommeil, et ses ronflements de soufflet de forge retentissaient à travers les cloisons.

Daniel Metzer, de son côté, regagna sa chambre, sans même venir frapper à la porte de sa femme.

Celle-ci, rassurée à demi, abandonna la fenêtre où son attente se prolongeait inutilement, et se coucha brisée de fatigue, mais sans quitter ses vêtements et en serrant dans sa main droite le manche du couteau caché par elle sous l'oreiller.

La nuit fut calme.

Richard Elliot rêva que madame Metzer, en costume oriental, exécutait devant lui et dans le but unique de lui plaire, les plus gracieuses figures de la danse des Almées.

Daniel Metzer rêva que la colline du fond du jardin devenait transparente comme un bloc de cristal et lui laissait voir dans ses flancs des entassements de lingots et des amoncellements de pièces d'or dont il pouvait disposer à sa guise.

Léonide rêva que Georges Pradel, agenouillé devant elle et tenant ses deux mains dans les siennes, lui disait tout bas : — *Je vous aime !*

L'auberge de Blidah, dont le propriétaire devait de l'argent à Richard Elliot, avait pour enseigne ces mots peints sur une plaque de tôle soutenue par deux crochets :

AU MARABOUT DE SIDI-FERRUCK

Quoique hôtellerie de troisième ordre elle était vaste, proprement tenue, et possédait une clientèle assez nombreuse mais médiocrement distinguée.

Dans la matinée du jour où le banquier quittait Alger en compagnie de la juive Rébecca, un jeune homme habillé de toile blanche, coiffé d'un immense chapeau de paille formant parasol, et monté sur un vigoureux étalon arabe dont pas une goutte de sueur ne mouchetait la robe noire souillée de poussière, avait franchi le seuil de la cour et mettait pied à terre devant la porte des écuries.

L'hôte ne dédaigna point d'accourir en personne pour tenir la bride du cheval.

Le voyageur était un fort joli garçon.

Il avait des yeux bleus, des cheveux blonds, de longues moustaches blondes, et sa figure offrait sans doute un cachet militaire très-prononcé car les premières paroles de l'aubergiste furent celles-ci :

— Vous faut-il une chambre, mon officier ?...

Le jeune homme se mit à rire.

— Trouvez-vous donc que mon veston de coutil

ressemblé à une tunique d'uniforme et mon chapeau
de manille à un képy? — demanda-t-il.

— Assurément non, mon officier, — commença
l'aubergiste. — Mais...

— Je ne suis point officier... — interrompit l'arrivant.

— Ah!!...

— Je suis représentant de commerce... — Je
voyage pour une des plus importantes maisons de
Bordeaux et je compte bien vous faire mes offres de
service... — Nous avons des Médoc, des saint-Émi-
lion, des saint-Estèphe, des saint-Julien d'une qualité parfaite à des prix fort avantageux... — Mais
nous causerons de cela plus tard... — Je me propose
de passer ici quelques jours et de m'y créer une
clientèle... — Si vous me donnez un coup de main,
vous aurez une remise... — Faites en sorte, je vous
prie, qu'on ait grand soin de mon cheval et qu'on ne
lui ménage pas l'avoine... — C'est une bête incomparable!... — J'aurai besoin personnellement de trois
choses : — Une chambre pour me reposer, énormé-
ment d'eau pour me laver, et un ample déjeuner
pour me refaire... — Je suis très-fatigué, j'ai de la
poussière dans les cheveux, dans les moustaches,
dans les yeux et dans la bouche, et je meurs de
faim...

— Vous venez d'Alger, mon offi...

— Encore!!

— Pardonnez-moi, c'est la faute des moustaches...
et puis, vous avez un petit chic!... Bref, on jurerait
un officier en bourgeois... — J'ai été soldat, je m'y
connais...

— A la bonne heure, mais ne recommencez pas...
— Oui, je viens d'Alger... — En deux étapes... — Je
suis parti hier... j'arrive aujourd'hui... Détachez, s'il
vous plaît, le porte-manteau qui est bouclé derrière
la selle et conduisez-moi vite à ma chambre... —
A propos, y a-t-il loin de Blidah à Boudjareck?...

— Quatre kilomètres, environ... — répliqua l'aubergiste. — Mais ce n'est ni un village, ni même un
hameau, Boudjareck... C'est une maison dans un
domaine, avec des bâtiments de ferme... Vous ne le
savez peut-être pas...

XI

— Je sais au contraire à merveille que Boudjareck
est une demeure isolée, — répondit le voyageur. —
Mais on m'a parlé du propriétaire, un certain M. Daniel Metzer... — On me l'a signalé comme un homme
riche, amateur de bon vin, et peut-être ferais-je une
affaire avec lui...

— M. Metzer habite fort peu sa propriété... — reprit l'aubergiste. — Je ne sais s'il y est en ce moment...

— Il doit y être... — Je me suis présenté hier à sa
maison d'Alger... — Il venait de partir... — Dans
tous les cas je me propose de m'en assurer dès ce
soir, et je compte sur votre obligeance pour m'indiquer le chemin...

— Il est facile à trouver, le chemin...—La première

petite route à gauche, en sortant de Blidah, et toujours tout droit... — Impossible de s'égarer...

— Merci.

— Je vais vous conduire à votre chambre.

La pièce dans laquelle fut introduit le voyageur se trouvait au premier étage et son unique fenêtre donnait sur la rue. — Elle portait le numéro 4.

Le mobilier se composait d'un lit à rideaux de calicot blanc ornés d'une grecque rouge, comme il en existe encore en France dans quelques auberges de province, d'une commode servant de toilette, d'un antique canapé et de deux vieux fauteuils.

C'était, on le voit, d'une simplicité toute primitive.

Cette chambre, de moyenne grandeur, faisait au besoin partie d'un appartement plus vaste, le numéro 5, avec lequel une porte habituellement condamnée par de doubles verrous la mettait en communication.

Le voyageur se déclara satisfait et recommanda de préparer son repas, tandis qu'il ferait ses ablutions.

— Descendrez-vous à la salle à manger commune, ou faudra-t-il vous servir ici? — demanda l'hôte.

— Je suis fatigué, — répondit le jeune homme, — et, aujourd'hui du moins, je mangerai dans ma chambre...

Après avoir procédé à une toilette minutieuse et déjeuné de bon appétit, le nouveau venu se jeta sur son lit et dormit d'un profond sommeil pendant quelques heures.

Il fut réveillé par le bruit des pas de plusieurs chevaux et par le roulement d'une voiture arrivant au grand trot.

Cette voiture s'arrêta devant l'hôtellerie.

Le jeune homme courut à la fenêtre, écarta légèrement les petits rideaux de mousseline, de manière à voir sans être vu lui-même, regarda dans la rue et fit un geste de surprise.

A ce moment précis le banquier Richard Elliot se penchait hors de la calèche et entamait avec l'hôte, respectueusement incliné devant la portière, une conversation qui fut longue.

Cette conversation achevée, le millionnaire quitta la voiture, donna la main à une femme voilée qui se trouvait auprès de lui, l'aida courtoisement à descendre et franchit avec elle le seuil de la maison, suivi par un garcon de l'auberge portant sur ses épaules une malle assez grande.

— Que signifie cela? — se demanda le jeune homme.

Deux ou trois minutes s'écoulèrent, puis la pièce voisine fut ouverte et les nouveaux venus entrèrent dans l'appartement dont la chambre numéro 4 faisait au besoin partie.

L'habitant de cette chambre alla coller son oreille contre la porte de séparation et il écouta avec une attention prodigieuse, espérant saisir quelques mots.

Cet espoir ne se réalisa pas.

Il entendait un murmure de voix, mais aucune parole distincte n'arrivait jusqu'à lui.

Le murmure ne tarda point à s'éteindre.

Une porte se referma et un pas d'homme, descendant cette fois au lieu de monter, retentit de nouveau dans l'escalier.

Le voyageur retourna rapidement à la fenêtre et souleva le rideau comme il l'avait déjà fait un peu auparavant.

Il vit Richard Elliot, reconduit par l'aubergiste qui se confondait en courbettes, sortir de la maison et regagner la voiture qui partit au grand trot.

La personne voilée ne l'accompagnait plus.

— Il faut absolument que je sache quelle est cette femme... — murmura le jeune homme.

Il remit son costume de toile ; il enfonça jusqu'aux yeux son immense chapeau de paille de Manille, ayant mission de protéger le visage et les épaules contre les ardeurs torrides du soleil ; il sortit de sa chambre avec précaution, s'assura que la porte voisine était close, et descendit l'escalier.

Dans la cour il rencontra l'aubergiste.

— Eh bien, monsieur, — lui demanda ce dernier, — êtes-vous un peu reposé?...

— Pas beaucoup... — répondit le voyageur. — Je dormais... j'ai été réveillé par le bruit d'une voiture qui vous amenait du monde... — Un monsieur et une dame, je crois...

— Oui, mais la dame seule est restée... — Elle occupe le grand appartement qui touche à votre chambre... — Le monsieur est parti... — En voilà un que je vous souhaiterais pour client!... C'est un gourmet raffiné et ses moyens lui permettent d'avoir une bonne cave... — Vous le connaissez certainement de nom... — Richard Elliot, le plus riche banquier d'Alger et de toute l'Algérie... — Eh bien, il a beau être je ne sais combien de fois millionnaire, je vous assure qu'il ne fait pas bon lui devoir de l'argent... Du moins je me le suis laissé dire par des gens qui le savaient...

— En effet, j'ai entendu parler de lui... — Et il a installé sa femme chez vous?

L'aubergiste haussa les épaules.

— Sa femme!! — répéta-t-il. — Ah bien, oui!! — En voilà un qui ne promène pas beaucoup sa légitime sur les grandes routes... — Il est connaisseur en cotillons comme en bons vins!! — Madame Elliot n'est plus jeune et il faut à son mari des pommes

vertes !... Tant mieux pour lui s'il lui reste à son âge
des dents assez solides pour y mordre !...

— Alors, — reprit le voyageur, — ma voisine du
numéro 5 est jeune et jolie...

— Jeune, c'est certain... — Ça se devine à la tournure. — Jolie, je n'en sais rien ; son visage était
caché sous un voile ; mais je parierais qu'elle n'est
pas laide...

— Nous en jugerons ce soir au dîner...

— Tiens ! tiens ! tiens !... Paraîtrait que vous êtes
amateur aussi, vous, monsieur !! — fit l'aubergiste en
riant. — C'est de votre âge et je n'y vois point de
mal... Mais vous ne jugerez de rien du tout... — Cette
dame ne descendra pas... — J'ai l'ordre de la servir
dans son appartement... — Ça vous taquine?...

— En aucune façon... — Je vais faire un tour dans
la ville. .

— Bonne promenade !

Le jeune homme blond connaissait Blidah, et la
petite cité d'ailleurs n'offre rien de particulièrement
curieux.

Il entra dans un magasin de quincaillerie et fit
l'emplette de trois vrilles de différentes grosseurs. —
Il fuma un cigare, but un verre d'absinthe devant un café, puis il reprit le chemin de l'auberge,
regagna la chambre numéro 4, et, se servant de la
plus petite de ses trois vrilles, il se mit en devoir de

)ratiquer une ouverture dans l'un des panneaux de
:ommunication.

Ce travail, si facile en apparence, demandait en
éalité à être conduit avec des précautions minu-
ieuses et avec une prudence consommée.

Il fallait que la vrille, en entamant la porte, pro-
luisît moins de bruit qu'une souris grignotant une
ioisette.

Il fallait, quand la pointe de fer aurait traversé l'é-
)aisseur du panneau, qu'aucune parcelle de bois,
nême la plus minime, ne tombât de l'autre côté.

C'est pour cela que le voyageur avait eu soin de
·arier le calibre de ses instruments.

La première vrille prépara le passage de la seconde,
:t celle ci ne laissa plus à la troisième qu'une beso-
;ne insignifiante.

Lorsque l'ouverture eut atteint, du côté de la cham-
)re numéro 4, un diamètre suffisant, le jeune homme
)lond se servit d'une des lames de son canif pour la
·endre lisse et régulière comme l'intérieur du tube
l'une lunette d'approche.

Il arrondit ensuite et il agrandit imperceptible-
nent l'autre extrémité de ce tube, de manière à lui
lonner la largeur d'une lentille, puis il appliqua l'un
le ses yeux sur l'orifice de cette lorgnette d'un nou-
·eau genre et il regarda.

L'épaisseur du panneau étant assez grande et l'ouverture étant fort étroite, elle ne prenait vue que sur une portion très-restreinte de la chambre contiguë, et cette portion se trouvait déserte.

Le jeune homme résolut d'attendre que sa voisine vint à traverser le champ de son observatoire, ce qui ne pouvait tarder longtemps, et il conserva sa position de chasseur à l'affût, ou plutôt d'astronome guettant au passage quelque planète inédite.

Au bout d'un quart d'heure à peu près il se fit de l'autre côté de la porte un léger bruit d'étoffes froissées.

L'inconnue quittait sans doute le fauteuil ou le *sofa* qu'elle venait d'occuper.

Elle traversa la chambre.

Pendant le quart d'une seconde un profil de camée oriental et les masses d'une splendide chevelure noire apparurent à l'observateur attentif.

C'était suffisant.

— Rébecca ! — balbutia-t-il avec stupeur, — c'est Rébecca !!... — Pourquoi Richard Elliot l'a-t-il amenée ici ?... A quoi doit-elle lui servir ? — Quelle part lui réserve ce misérable dans l'œuvre infâme qu'il faut conjurer ?...

Le voyageur se posait ces questions, et naturellement il ne pouvait répondre à aucune...

Les heures s'écoulèrent. — La nuit vint. — Rébecca fut servie dans son appartement.

Le jeune homme observait toujours. — Il vit la juive à demi dévêtue passer et repasser. — Il entendit craquer le lit dans lequel elle se glissait, puis la lumière s'éteignit chez elle.

Alors Georges Pradel, — que nos lecteurs ont reconnu dès le premier moment, — sortit de l'hôtellerie et se dirigea vers Boudjareck.

XII

Une simple haie d'arbustes épineux, couronnant un saut-de-loup de médiocre largeur, formait la clôture de Boudjareck, clôture suffisante contre les incursions des chacals et des hyènes, mais ne pouvant, d'une façon sérieuse, barrer le passage à un homme leste et résolu.

Une porte à claires-voies, qu'on fermait le soir, commandait l'allée principale conduisant au logis du maître et aux bâtiments d'exploitation.

Georges Pradel trouva cette porte close.

Il franchit le saut-de-loup, pratiqua dans la haie une étroite ouverture et se glissa de l'autre côté avec l'adresse et l'agilité d'un Mohican.

La lune se cachait encore derrière les collines dont elle argentait le sommet. — La nuit était sombre. —

Le jeune homme put arriver près de la maison avec la certitude de ne donner l'éveil à personne.

Il aperçut Daniel Metzer et Richard Elliot attablés, en face l'un de l'autre et vidant force bouteilles de vin de Champagne dans la salle du rez-de-chaussée.

Léonide venait de quitter les buveurs pour se retirer dans sa chambre.

Les clartés lunaires commencèrent en ce moment à envahir l'espace. — Elles pouvaient trahir la présence du guetteur nocturne qui se réfugia dans l'ombre des massifs...

Nos lecteurs savent maintenant à quoi s'en tenir sur cette forme blanche surprise ou plutôt devinée par les regards de la jeune femme...

Le lieutenant ne regagna Blidah et l'hôtellerie du *Marabout de Sidi-Ferruck* qu'après avoir vu de loin Richard Elliot, conduit par Daniel Metzer, entrer dans son appartement, se laisser tomber sur son lit et s'endormir du lourd sommeil de l'homme ivre.

Pour cette nuit-là du moins le péril avait cessé d'exister, et rien ne retenait plus à son poste le chevalier de Léonide.

Georges, à qui la prudence la plus élémentaire commandait de se montrer le moins possible au grand jour, passa toute la matinée dans sa chambre où on lui servit son repas.

Un peu avant le soir, il entendit au numéro 5 un mouvement singulier. — On eût dit que derrière la cloison Rébecca allait et venait comme une femme qui s'occupe de préparatifs de départ.

Le lieutenant appliqua son œil au trou percé dans le panneau, mais sa curiosité fut déçue ; la juive ne passa pas une seule fois à la portée du regard qui l'épiait.

Au bout d'à peu près une demi-heure l'appartement voisin s'ouvrit et un petit pas sec et rapide sonna sur le plancher.

Georges entr'ouvrit vivement sa porte, regarda au dehors et vit une femme mauresque, — du moins par le costume, — gagner l'extrémité du couloir et disparaître dans l'escalier.

Sur les épaules de cette femme se suspendaient une de ces cassettes dans lesquelles les colporteurs enferment leurs marchandises, et une sorte de guitare orientale qui porte, croyons-nous, le nom de *guzla*.

— Rébecca n'était pas seule... — se dit le lieutenant. — Que pouvait faire cette mauresque avec elle ?

Et à son tour il se dirigea vers l'escalier, pour suivre plus longtemps des yeux la visiteuse.

A sa grande surprise, il s'aperçut que la porte du numéro 5 était restée entr'ouverte.

Il jeta un regard à l'intérieur et sa surprise redoubla.

Dans les deux pièces composant l'appartement il n'y avait personne, mais une grande malle pleine de vêtements en désordre prouvait jusqu'à l'évidence que le départ de la juive n'avait rien de définitif.

A tout hasard et guidé par un sentiment instinctif Georges s'introduisit furtivement dans la première pièce, s'approcha de la porte de communication dont il avait troué le panneau, et tira d'une main rapide les verrous intérieurs.

Il ne s'agissait désormais que de recommencer cette manœuvre du côté du numéro 4, et la porte, que rien ne condamnait plus, pourrait tourner sur ses gonds.

Ceci fait, Georges rentra dans sa chambre et se mit à guetter le retour de la juive.

Une demi-heure s'écoula ; puis une heure.

Rébecca ne rentrait point.

Cette absence prolongée parut au lieutenant inquiétante et suspecte.

Il se coiffa du large chapeau de paille suffisant pour cacher sa figure en cas de rencontre imprévue, descendit et dit au maître de la maison :

— Il paraît que ma voisine du numéro 5 a reçu tantôt une visite...

— Une visite? — répéta le débiteur de Richard Elliot.

— Oui, une femme...

L'aubergiste secoua la tête.

— Vous vous trompez, monsieur, — répliqua-t-il. — Personne n'est venu...

— Ah! permettez! — continua Georges. — Si quelqu'un se trompe ici, assurément ce n'est pas moi!! — J'ai vu! — De mes yeux vu!...

— Quoi donc?

— La visiteuse en question quittant l'appartement voisin de ma chambre... — C'était une femme, je vous le répète... une indigène en costume mauresque, portant une valise et une guitare...

L'aubergiste se mit à rire.

— Très-bien! — dit-il, — nous sommes d'accord... — Je l'ai vue aussi, moi, votre mauresque, seulement son costume constituait une mascarade, et la prétendue visiteuse était ma locataire elle-même...

— Est-ce possible?? — s'écria l'officier avec effroi, car toute chose inexplicable devenait menaçante. — Est-ce possible?? — répéta-t-il.

— Je ne sais pas si c'est possible, — reprit l'aubergiste. — Je sais que c'est certain... — Mais on croirait que ça vous agite... — Qu'est-ce que ça peut vous faire?...

Georges, à force de volonté, avait reconquis son sang-froid.

— Absolument rien ! — répondit-il. — Cela m'intrigue, voilà tout, et je ne comprends guère, je l'avoue, le but d'un pareil déguisement...

— Ce n'est pas la peine de chercher, — répliqua l'aubergiste. — Celui qui comprendra les femmes et leurs caprices, sera plus malin que vous et que moi !!

— Peut-être y a-t-il sous roche quelque intrigue d'amour...

— La chose n'a rien d'invraisemblable...

— Où pouvait aller cette dame?...

— Ah! par exemple, ça, je le sais... ou du moins je crois le savoir... — En partant elle m'a demandé le chemin de Boudjareck... Or, quand on demande un chemin, généralement c'est pour le prendre...

Le lieutenant n'en écouta pas davantage.

Boudjareck !!

Rébecca la juive, Rébecca la maîtresse de Richard Elliot, se rendait à Boudjareck et s'y rendait si bien travestie que personne au monde ne pourrait la reconnaître...

Donc elle était complice du millionnaire et, de connivence avec lui, travaillait à tendre le piége où Léonide pouvait se prendre !! — Cela semblait indiscutable.

Georges s'élança au dehors et se mit à courir...

6.

L'aubergiste, stupéfait, le regarda s'éloigner et murmura en haussant les épaules :

— Encore un qui devient fou ! ! — Bien sûr, malgré son grand chapeau, il aura reçu un coup de soleil sur la tête !...

Richard Elliot, les joues tombantes, les yeux bouffis, le teint échauffé, était descendu le matin un peu honteux de son intempérance de la veille au soir.

Au déjeuner il présenta ses excuses à Léonide qui, dédaigneuse et glaciale plus que jamais, n'eut pas même l'air de savoir à quoi il faisait allusion.

Le banquier cacha de son mieux sous une grimace le sourire moqueur qui venait à ses lèvres malgré lui.

— Belle insolente, — se disait-il, — vous ne serez pas longtemps si fière !... — Je suis sûr à présent de gagner la partie, car je vais biseauter les cartes ! !...

Puis, cessant en apparence d'accorder son attention à la maîtresse du logis, il entama avec Daniel une conversation d'affaires.

— Vous m'avez parlé l'autre jour, — dit le mari de Léonide, — d'un homme expert en métallurgie et pour qui l'exploitation des mines n'a point de secrets (ce sont vos expressions). — Vous avez ajouté que vous vous chargiez de l'amener et qu'il prendrait son quartier général à Blidah...

— Sans doute.

— Est-il arrivé?

— Pas encore... — Des opérations importantes auxquelles il est mêlé ne lui ont point permis de venir en même temps que moi... — Il partira demain et nous pouvons compter, avant deux jours, sur sa visite...

— Fort bien... mais d'ici là?...

— D'ici là, soyez-en convaincu, cher associé futur, nous emploierons notre temps le mieux du monde... — D'abord, en sortant de table, je vous enlève à madame Metzer qui voudra bien me le pardonner.

— Oh! — fit Daniel avec une ironie mal dissimulée, — ma femme vous pardonnera facilement... — Elle se passe très-bien de moi...

Le banquier continua :

— Nous parcourrons ensemble votre propriété... Nous visiterons le ruisseau qui charrie des paillettes... la colline qui recèle en son sein des gisements aurifères... — Ce sera long... — S'il n'est pas trop tard ensuite, nous ferons une excursion dans les campagnes voisines et nous reviendrons ici pour l'heure du dîner...

Le programme que Richard Elliot venait de tracer se réalisa de point en point.

Aussitôt après avoir savouré le café délicieux préparé par Dolorès, les deux hommes allumèrent des cigares et quittèrent la maison.

Léonide resta seule et, voulant profiter de cet isolement qui lui semblait une trève, elle alla s'asseoir sur un banc de verdure, sous les vieux arbres dont la veille au soir les grandes ombres avaient enveloppé le lieutenant Georges Pradel...

XIII

Madame Metzer était là depuis longtemps déjà, s'absorbant en des pensées dont il nous paraît facile de deviner la nature.

Sa tête se penchait sur sa poitrine. — Ses lèvres entr'ouvertes s'agitaient à son insu comme pour murmurer un nom.

Un bruit imprévu coupa court à sa rêverie.

Une voix un peu sourde, mais pénétrante, chantait non loin d'elle une chanson arabe sur un air rhythmé bizarrement.

Les notes vibrantes, arrachées aux cordes d'une guitare orientale, accompagnaient cette mélodie singulière.

Léonide leva la tête et vit, à quelques pas, la

musicienne qui lui donnait cette aubade inattendue.

C'était une femme d'assez haute taille et très-mince, portant avec grâce un costume mauresque d'une richesse et d'une élégance remarquables.

Un long voile de soie d'un bleu pâle, rayé d'or, l'entourait depuis le sommet de la tête jusqu'aux pieds.

Une bande de fine toile blanche, attachée derrière la tête sur le voile bleu et retombant par devant jusqu'à terre, cachait absolument les traits.

Trois ouvertures, pratiquées à la hauteur des yeux et de la bouche, permettaient de voir, de respirer et de parler à travers ce *rou-bend* ou *lien du visage*.

Sous le voile bleu, appelé *tchader*, la mauresque portait un ample pantalon de soie blanche contenant les jupes et s'arrêtant à la cheville.

Les pieds un peu grands, mais d'une forme très-pure, étaient chaussés de babouches de maroquin bleu brodé d'or, ternies par la poussière de la route.

La musicienne appuyait sur son bras gauche la guzla, dont la main droite pinçait les cordes.

Elle interrompit son chant et salua selon la mode arabe au moment où madame Metzer levait les yeux sur elle.

Ensuite elle demeura debout, immobile et muette.

La vue d'une femme n'avait rien d'inquiétant, et la présence de celle-ci s'expliquait à merveille la porte du jardin restant ouverte jusqu'au soir.

Léonide examina pendant quelques secondes avec une curiosité enfantine l'accoutrement pittoresque de la chanteuse, puis elle lui fit signe de venir à elle.

La Mauresque s'approcha aussitôt.

— Comprenez-vous le français? — lui demanda madame Metzer.

— Je le comprends et je le parle... — répondit la musicienne d'une voix gutturale.

— Êtes-vous de Blidah ou des environs?

— Je suis de partout... Je suis nomade... Je vais et je viens, et je n'habite nulle part...

— Avez-vous une famille?

— Je n'en ai pas... Je n'en ai jamais eu...

— Êtes-vous jeune?

— Oui. — Ceux qui me connaissent depuis long-temps affirment que j'ai seize ans...

— Voulez-vous me montrer votre visage?

— Non.

— Pourquoi?

— Ma religion me le défend... — Vous êtes chré-tienne, et il est ordonné aux servantes du prophète de garder leur voile devant les chrétiens...

— Comment vivez-vous?

— Une vieille femme de ma tribu m'a initiée, quand j'étais toute petite, à la science dont elle avait vécu...

— De quelle science parlez-vous?

— A ceux qui me tendent leur main ouverte et me commandent d'en regarder les lignes, je raconte le passé et j'annonce l'avenir...

Léonide sourit.

— Vous ne croyez pas que la destinée soit écrite dans la main? — demanda vivement la Mauresque.

— Pas beaucoup, je l'avoue...

— Vous avez tort, madame, et quand il vous plaira je vous en donnerai la preuve... — J'ai d'autres ressources encore... — Je chante les vieux airs arabes... — Je sais la danse des Almées... — Je vends des étoffes, des bijoux, des amulettes et des talismans...

— Des amulettes?... des talismans? — répéta Léonide.

— Oui, madame... Infaillibles les uns et les autres... — Ceux à qui j'ai prédit le mauvais sort me les achètent pour le conjurer...

Léonide sourit de nouveau, tant ces illogiques superstitions lui paraissaient naïves.

— Qui vous a conseillé de venir ici? — reprit-elle.

— Personne .. — En passant sur le chemin, j'ai vu la porte ouverte... — Je suis entrée comme j'entre partout... — Je vous ai aperçue de loin, et pour attirer votre attention j'ai chanté...

— Vous savez où vous êtes?

— Je sais que je suis à Boudjareck, et rien de plus...

— Vous ne me connaissez pas?...

— J'ignorais même qu'il y eût une femme ici...— Je vois que vous êtes belle... je devine que vous êtes bonne... mais je ne sais pas qui vous êtes...

— Je serais curieuse d'entendre jusqu'au bout la mélodie arabe commencée tout à l'heure... — Voulez-vous la reprendre?...

La Mauresque, pour toute réponse, fit jaillir des cordes de sa guitare trois ou quatre notes saccadées, et de sa voix sourde et pénétrante recommença la chanson interrompue.

Après celle-là elle en dit une autre, puis une troisième.

Madame Metzer ne se lassait point de l'entendre.

Douée d'un sens musical très-développé, elle trouvait une saveur extrême et une grande originalité à ces compositions bizarres.

— Merci, mon enfant... — dit-elle enfin. — Je ne veux pas abuser plus longtemps de votre complaisance... — Prenez ceci...

III   7

Et Léonide, tirant de son porte-monnaie une pièce d'or, la présenta à la Mauresque.

Cette dernière retint presque de force la main libérale tendue vers elle et parut vouloir la porter à ses lèvres, mais elle n'acheva point ce geste, et, les yeux fixés sur la paume blanche et rosée, elle murmura lentement :

— Une pièce d'or ! C'est trop pour de vieilles chansons... Mais si vous êtes généreuse, je suis reconnaissante et je vais d'un seul mot payer votre bienfait... Prenez garde, madame ! ! Un danger vous menace!... Un malheur plane sur vous !!...

L'accent étrange et prophétique accompagnant ces paroles agit d'une façon brusque et violente sur les nerfs de Léonide.

— Un malheur ! un danger! — s'écria-t-elle avec une agitation soudaine et une angoisse qui lui serra le cœur comme dans un étau. — Qui vous a dit cela?...

— Un seul coup d'œil jeté sur votre main.

— Allons !! c'est insensé !!...

— Par Allah !... je vous jure que c'est vrai!... — Laissez-moi la regarder mieux, cette main... — Permettez-moi d'en étudier les lignes, et je vous en apprendrai plus long... et l'avenir voilé n'aura plus de secrets...

Léonide hésita.

Son hésitation fut courte d'ailleurs.

Elle ne croyait pas ; — elle ne voulait pas croire ; — mais que risquait-elle après tout ?...

Elle abandonna brusquement à la prétendue rivale du grand chiromancien Desbarrolles ses doigts fins aux ongles polis, en balbutiant d'une voix à peine distincte :

— Eh ! bien, faites donc !... et si vous savez lire, lisez !!...

Quelques secondes s'écoulèrent.

A travers les trous du *rou-bend* un double rayon de feu semblait jaillir des prunelles noires de la Mauresque sur les linéaments déliés offerts à son regard, et Léonide se sentait prise de petits frissons pareils à ceux de la *pupille* soumise à l'action d'un puissant magnétiseur.

— Madame, — dit tout à coup la fille d'Orient, — vous n'êtes point heureuse...

Léonide baissa la tête et garda le silence.

— Je vois autour de vous trois hommes... — continua la Mauresque. — Vous portez le nom du premier... vous le craignez et vous ne l'aimez pas...

Madame Metzer regarda avec une stupeur inouïe celle qui lui parlait ainsi et qui poursuivit :

— Le second est un vieillard... Ce vieillard vous aime et son amour vous fait horreur... et vous répondez à cet amour par la haine et par le mépris...

— Ah ! — murmura Léonide involontairement

et se parlant à elle-même. — C'est étrange !! — Comment cette femme sait-elle ces choses ?...

La Mauresque poursuivit :

— La troisième est un jeune homme... Un jeune homme qui vous aime aussi... et, celui-là, vous ne le haïssez pas !!... Vous l'aimez !... — Vous l'aimez de tout votre cœur !... de toute votre âme !... de toutes vos forces !!

Léonide effarée voulut répondre... — Elle essaya de protester... — Elle n'en eut pas la force... — La vérité s'imposait à elle. — Son incrédulité se fondait comme la neige sous les premiers rayons du soleil. — Elle ne doutait plus.

A quoi bon nier ? Pourquoi mentir à celle qui lisait dans sa main, dans son âme et dans sa pensée ?

La Mauresque savoura son triomphe manifeste ; un nouvel éclair jaillit de ses yeux sombres, puis elle reprit :

— Du choc de ces trois hommes naîtra le danger que je vous ai prédit, ce danger sera formidable... et il est imminent...

— Ne menacera-t-il au moins que moi ? — demanda Léonide.

— Vous et celui que vous aimez... — Lui comme vous... Lui plus que vous peut-être...

Un tremblement convulsif secoua les membres de la jeune femme.

—Mon Dieu !... — balbutia-t-elle. — Mon Dieu !...
mon Dieu !!...

Et ses larmes jaillirent.

— Il ne faut ni trembler, ni pleurer, madame...
— poursuivit la Mauresque. — Le péril peut se conjurer...

— Et de quelle façon ?

— Il me semble vous l'avoir dit... J'ai de puissantes
amulettes et d'infaillibles talismans...

XIV

Au début de l'entretien que nous venons de sténographier pour nos lecteurs, madame Metzer avait souri en entendant parler d'amulettes et de talismans.

Maintenant elle ne souriait plus.

Après les stupéfiantes révélations de la Mauresque, tout lui semblait possible : le surnaturel même cessait de l'étonner, et son incrédulité primitive se métamorphosait en une confiance superstitieuse voisine de l'aveuglement.

La gitane attendait ce résultat et vit d'un coup d'œil ce qui se passait dans l'esprit troublé de Léonide.

Sans ajouter un mot, elle déposa sur le banc de

gazon le coffret peint de couleurs vives qu'une courroie suspendait à son épaule.

Elle ouvrit ce coffret.

Il était divisé en deux compartiments dont l'un,
beaucoup plus large que l'autre, renfermait des tissus
orientaux.

Le plus étroit contenait des parures en verroterie,
des bracelets en filigrane, des colliers de sequins,
d'autres en plaquettes de cuivre émaillé, des épingles
à tête de corail, des flacons d'essence de rose, enfin
tout un assortiment de bijoux de mince valeur.

Au milieu de cette pacotille se voyait un morceau
de soie rouge entourant divers objets.

La Mauresque déroula cette étoffe avec la len-
teur respectueuse qu'on met à toucher aux choses
saintes.

Elle exhiba une demi-douzaine de bagues en
argent dont le chaton portait des caractères étranges, et trois ou quatre petits flacons de cristal,
montés en cuivre doré.

— Voilà les amulettes... — dit-elle en désignant
les bagues.

Puis, touchant les flacons, elle ajouta :

— Et voici les talismans...

— Comment les employer ? — balbutia la jeune
femme, rougissant involontairement de sa crédulité.

— Donnez-moi votre main, madame...

— Laquelle des deux?

— La gauche...

Léonide obéit.

La mauresque passa l'une des bagues au doigt annulaire de cette main, puis, débouchant un des flacons, elle continua :

— Prenez ceci et respirez-en le contenu...

Madame Metzer parut hésiter.

— Oh! respirez sans crainte... — dit vivement son interlocutrice ; — ce flacon renferme un parfum d'une suavité incomparable...

C'était vrai, et Léonide, obéissant de nouveau, éprouva une sensation délicieuse. — Il lui sembla qu'un bouquet de fleurs embaumées s'épanouissait près de ses narines et leur envoyait les aromes les plus subtils et les plus exquis.

— Et ensuite ? — demanda-t-elle.

— C'est tout... — Gardez cette bague à votre doigt... — Les signes cabalistiques gravés dans le métal sont ceux qui permettaient au roi Salomon de triompher de ses ennemis grâce à l'anneau magique... — Aspirez d'heure en heure les émanations bienfaisantes de ce flacon... Il renferme la quintessence des plantes cueillies sur les montagnes d'Acier aux heures favorables, par un adepte prononçant les formules mystérieuses auxquelles les mauvais génies sont contraints de se soumettre... — Ayez la foi, et dormez en paix... — Vous n'aurez rien à craindre... ni vous, ni celui qui vous aime et que vous aimez...

— Ah! — murmura Léonide, — combien je voudrais vous croire !...

— Ne doutez pas, madame !! — Il faut la foi, je vous le répète !! — Sans elle, l'amulette et le talisman perdraient leur influence... — Maintenant, qu'Allah et son prophète veillent sur vous !! — J'ai payé ma dette de reconnaissance.

— Et moi je veux acquitter la mienne... — dit vivement la jeune femme en glissant trois pièces d'or dans la main de la Mauresque.

Cette dernière témoigna sa gratitude avec toute l'emphase des métaphores orientales et elle se disposait à fermer son coffret, à le replacer sur son épaule et à s'éloigner, quand deux nouveaux personnages arrivèrent en scène.

C'étaient Daniel Metzer et Richard Elliot revenant de leur excursion dans la campagne.

Daniel parut surpris en voyant l'étrangère et s'informa de ce qui se passait.

Léonide répondit la vérité, mais en se gardant de faire la moindre allusion à la dernière partie de l'entretien et à ses résultats.

— Si cette colporteuse si bien voilée a quelques objets à peu près dignes de madame Metzer, —

7.

s'écria Richard Elliot, — vous me permettrez bien, mon cher associé, de les lui offrir... — Voyons un peu... — Allons, gitane, montrez-nous vos marchandises....

La Mauresque s'empressa d'étaler ce que le plus grand compartiment du coffret renfermait de richesses.

Bientôt les tissus précieux, les étoffes lamées d'or et d'argent, les crêpes de Chine délicatement brodés de soie, formèrent sur le banc de verdure un fouillis de nuances vives et heurtées, réjouissantes à l'œil.

Richard Elliot acheta tout, pour tout mettre aux pieds de Léonide dédaigneuse, et paya sans compter.

— Merci, généreux seigneur ! — dit la Mauresque de sa voix gutturale. — Si je vous rencontrais souvent sur mon chemin, je serais bientôt riche...

Elle ajouta plus bas, en s'adressant à la jeune femme que l'insolente galanterie du banquier irritait outre mesure :

— Souvenez-vous, madame...

Puis, reprenant sa guitare muette et son coffret presque vide, elle s'éloigna rapidement.

La crépuscule succédait au jour.

Dolorès vint prévenir que le dîner servi sur table attendait les convives.

— Bravo ! — fit Richard Elliot, — Votre mari et

moi, madame, nous rapportons de notre longue
excursion un appétit de chasseurs...—Me ferez-vous
la grâce de m'accepter comme cavalier jusqu'à la
salle à manger ?...

Et il présenta son bras gracieusement arrondi ;
Léonide fit semblant de ne pas voir ce geste et se
dirigea la première vers la maison.

— Patience ! — murmura le banquier avec un
mauvais sourire. — Patience !!

Le repas se prolongea moins longtemps que celui
de la veille.

Richard Elliot, au lieu de faire largement honneur
au vin de Champagne de son hôte, se ménagea beaucoup.

Il veilla sur ses paroles. — Il ne se permit ni un
mot à double sens, ni un refrain gaillard.

Madame Metzer n'eut en conséquence aucun prétexte pour quitter la table et pour se retirer ahez
elle.

Elle éprouvait une sorte de somnolence, résultant
sans doute de son insomnie presque complète de la
nuit précédente. — Un engourdissement vague,
contre lequel inutilement elle tentait de réagir, et
qui d'ailleurs n'avait rien de pénible, s'emparait de
son corps et de sa pensée.

Ce qui se disait à côté d'elle frappait son oreille,
mais ne présentait aucun sens à son esprit.

Le dîner s'acheva.

Daniel Metzer, ainsi qu'il l'avait fait le jour précédent, reconduisit le millionnaire à son appartement et s'offrit de nouveau à lui servir de valet de chambre.

Richard Elliot n'y voulut point consentir.

— Hier, — dit-il en souriant, — la fatigue du voyage et surtout des libations trop ferventes m'avaient fait oublier les convenances... — Je serais inexcusable aujourd'hui si j'abusais encore de votre courtoisie...

Daniel insista.

Le banquier fut inébranlable.

— D'ailleurs, — ajouta-t-il, — je veux avant de me coucher écrire deux ou trois lettres et fumer un cigare... — Ainsi donc, excellent ami et cher associé futur, bonsoir...

— Je me retire, mais un mot encore... — Vous avez pu vous assurer par vos propres yeux que je n'exagérais rien, n'est-ce pas ?

— Sans doute... Oh ! je suis convaincu !

— Eh bien ! quand signerons-nous ?...

— Qand il vous plaira.

— Demain, alors ?...

— Demain, soit...

Daniel Metzer s'éloigna en se frottant les mains

et Richard Elliot eut pour la seconde fois un mauvais sourire en refermant sa porte.

Léonide, rentrée chez elle, s'assit ou plutôt se laissa tomber sur un fauteuil.

La somnolence et l'engourdissement physique et moral que nous avons signalés augmentaient d'une façon notable.

Elle fit un effort héroïque pour en triompher et quittant son siége, non sans peine, elle se dirigea vers la fenêtre qu'elle ouvrit.

L'air rafraîchi du soir la ranima un peu, et pendant quelques secondes ses regards fouillèrent avidement les massifs de verdure dont la lune n'éclairait pas encore les cîmes.

Aucune forme blanche ne se dessinait sur leurs masses sombres.

— Il doit être venu, pourtant... — murmura-t-elle; — Il doit veiller sur moi... — Je suis bien sûre qu'il est là, mon chevalier!... — Il m'aime... La Mauresque l'a dit !... Comment sait-elle cela, cette femme qui ne nous connaît pas ?... — Comment les lignes de ma main ont-elles pu lui révéler le secret de notre amour ? — Mon Dieu !... que ces choses sont étranges !! — Et ces talismans mystérieux !... — Il faut être folle pour y croire !!... — J'y crois... — Je suis donc folle...

Léonide, laissant la fenêtre ouverte, s'approcha en

chancelant de la lampe placée sur une table à côté de son lit.

Elle attacha ses yeux sur la bague d'argent.

Elle prit le flacon de cristal et elle en respira le parfum.

Ses yeux se fermèrent aussitôt. — Le flacon échappé de sa main se brisa, et elle s'abattit sur le lit, inerte, inanimée, pareille à une morte.

XV

La Mauresque, en quittant Boudjareck pour reprendre le chemin de Blidah, ne remarqua point un homme vêtu de toile blanche, coiffé d'un large chapeau de paille et embusqué dans une touffe de lentisques près de la porte à claire-voie.

Cet homme était Georges Pradel.

Il laissa la jeune femme prendre une avance de vingt-cinq ou trente mètres, puis il quitta son poste et se mit à la suivre.

Le bruit d'un pas foulant le sentier derrière elle attira bientôt l'attention de la Mauresque.

Elle se retourna sans s'arrêter et son regard fouilla le crépuscule.

La vue d'un colon attardé se rendant à la ville ne

pouvait exciter sa défiance ; cependant, à tout hasard, elle glissa sa main droite sous la pièce d'étoffe qui tombait jusqu'à ses pieds et prit un petit poignard malais passé dans sa ceinture.

Rien ne lui vint indiquer d'ailleurs que cette précaution fut utile car le lieutenant, conservant sa distance, ne fit pas une seule tentative pour se rapprocher d'elle pendant toute la durée du trajet, et ne franchit le seuil de l'hôtellerie que lorsqu'elle eut regagné son appartement et refermé la porte de la première pièce.

Georges rentra dans sa chambre et il attendit.

Au bout de quelques minutes, l'aubergiste frappa discrétement à la porte du numéro 5.

— Entrez, — cria la voix de Rébecca.

Le lieutenant appuya son oreille contre l'ouverture pratiquée dans le panneau, et il entendit les phrases suivantes :

— J'apporte le dîner de madame...

— C'est bien... — Mettez le plateau sur cette table...

— Madame aura-t-elle besoin d'autre chose ?...

— De rien...

— Dans combien de temps faudra-t-il desservir ?...

— Vous ne desservirez pas. — Je suis fatiguée et ne me sens aucun appétit... — Je vais manger à peine et me mettre au lit... — Je désire n'être point dérangée ce soir...

— Comme il plaira à madame... J'ai l'honneur de souhaiter un bon sommeil à madame...

L'aubergiste se retira.

La belle juive fit tourner la clef dans la serrure, poussa les verrous de la porte donnant sur le couloir et regagna la chambre à coucher.

Le jeune homme attendit quelques minutes encore, puis, songeant combien tout retard pouvait être funeste, il tira doucement les verrous qui seuls maintenaient close la porte de communication.

Elle s'ouvrit sans bruit.

Le passage était libre.

Georges marchant sur la pointe des pieds, comme un amoureux ou comme un voleur, traversa la première pièce et s'arrêta sur le seuil de la seconde.

En face de lui, mais lui tournant le dos, Rébecca, assise auprès d'un guéridon qui supportait le plateau apporté par l'aubergiste, semblait au moment d'achever le repas commencé à peine.

Elle portait encore son costume mauresque, à l'exception du *rou-bend* destiné à cacher la figure.

La longue bande de toile pendait sur le dossier de sa chaise.

Georges voyait le visage superbe de la juive refleté dans un miroir de Tunis. — Il lui sembla que ses prunelles noires et profondes comme la nuit avaient en ce moment une expression de triomphe sinistre.

— La misérable créature vient de préparer un crime!! — pensa-t-il en frissonnant.

Et il s'avança...

Ses pas légers ne pouvaient le trahir mais Ré-becca, levant les yeux par hasard sur la glace, aperçut derrière elle l'officier pâle et menaçant et le reconnut aussitôt.

Prise d'une immense épouvante elle se dressa, rapide comme une panthère, et tenta de saisir le petit poignard malais qu'elle gardait à sa ceinture.

Georges ne lui en laissa pas le temps.

Il bondit sur elle avec une impétuosité qui rendait toute résistance impossible, et la mit hors d'état d'appeler au secours en la bâillonnant avec son mouchoir.

Il se servit ensuite du *rou-bend* pour lui lier solidement les jambes et les bras, il la jeta dans un fauteuil où elle tomba comme une masse, puis, s'emparant du poignard avec lequel elle aurait voulu le frapper, il se pencha vers elle et lui dit d'une voix très-basse qui passait sifflante entre ses dents serrées :

— Pas un cri, ou je vous tue!!

Et il détacha le bâillon.

— Ah! — murmura la juive dont la stupeur et la

rage empourpraient la figure, — violenter et menacer une femme, est-ce l'acte d'un soldat?

Georges haussa les épaules.

— Espérez-vous que je discuterai?? — répliqua-t-il, allons donc!! — il s'agit bien de vos injures!! — Je vais interroger, — il faut répondre.

— Je refuse!!

— Il faut répondre et ne pas mentir! — poursuivit le lieutenant... — Si vous vous taisez, je vous tue!! si vous mentez, je vous tue encore!!

— Je crierai à l'aide!

— Vous serez morte avant qu'on soit venu!

— Assassiner une femme, c'est lâche!

— Vous n'êtes point une femme, vous êtes une vipère...

— Je ne parlerai pas!

— Je vous dis, moi, que vous parlerez! — Il s'agit de vie ou de mort, songez-y! — Qu'êtes-vous allée faire à Boudjareck sous un déguisement mauresque? Je veux le savoir.

— Vous ne le saurez pas...

— Prenez garde!

— Je vous défie...

— Ah! misérable!

— Je vous défie!! — répéta la juive avec un accent inouï de provocation.

Georges commençait à ne plus se sentir maître de

lui-même. — Un nuage rouge l'enveloppait. — L'horreur du rôle de justicier disparaissait devant cette pensée qu'à tout prix, par tous les moyens, il fallait sauver Léonide, et la venger du moins s'il ne la sauvait pas.

Il posa la pointe aiguë du stylet sur la gorge sculpturale de Rébecca et il pressa légèrement.

Une goutte de sang jaillit, rayant d'un filet de pourpre l'épiderme mat et doré.

— Si vous ne répondez à l'instant, j'appuie ! — dit-il avec l'accent d'une résolution farouche. — Dans trois secondes il sera trop tard !!

Déjà l'effroi de la souffrance physique triomphait des velléités de révolte de Rébecca. — Cette piqûre si légère anéantissait en elle tout vestige de force morale. — Sa lâcheté native reprenait le dessus...

Elle avait peur... — Elle tremblait de tous ses membres.

— Ne me tuez pas... — balbutia-t-elle ; — oh ! ne me tuez pas !... Je parlerai...

— Parlez donc, alors ! et surtout parlez vite ! je vous le conseille ! je vous l'ordonne !

— Que voulez-vous savoir ?...

Georges répéta sa question.

— J'obéissais aux volontés de Richard Elliot... — répondit la juive ; — c'est lui qui m'avait tracé mon rôle...

— Le but de ce rôle, quel était-il ?

— Vous ne me tuerez pas si je réponds la vérité...

— Non, si vous ne me cachez rien...

— Vous me le jurez sur votre honneur ?

— Sur mon honneur, je vous le jure!!...

— Eh bien, le but de ce rôle était de livrer au banquier madame Metzer sans défense...

— Comment?

— Par le sommeil.

Le lieutenant frémissait.

— Expliquez-vous... — murmura-t-il d'une voix à peine distincte. — Dites-moi tout et soyez sans crainte... j'ai juré... — Si monstrueuses que soient votre infamie et celle de votre complice, je tiendrai mon serment...

Rébecca raconta ce que nos lecteurs savent déjà et ajouta des détails précis et développés relatifs aux effets du parfum stupéfiant contenu dans le flacon donné par la prétendue Mauresque à Léonide sous couleur de talisman.

— Ces résultats sont-ils inévitables? — demanda Georges dont les dents claquaient et dont une sueur froide inondait le visage.

— Inévitables, oui.

— Et immédiats?

— Non... — La première aspiration n'amène à sa suite qu'une somnolence passagère. — Le sommeil

profond, irrésistible, presque foudroyant, n'arrive
qu'après la seconde et parfois la troisième...

— Existe-t-il des moyens d'interrompre sans péril
ce sommeil commencé ?

— Aucun... — Le bruit du tonnerre ou la morsure
du feu ne triompheraient point d'un si complet anéan-
tissement du corps et de l'âme.

— Sans défense! — murmura Georges avec un
sanglot convulsif, — ah! vous l'avez bien dit, la malheureuse enfant est livrée sans défense !!.

Il regarda sa montre.

Elle marquait dix heures du soir.

— Sera-t-il encore temps ?? — murmura l'officier.

Et il s'élança vers la porte; mais au moment de
l'atteindre il revint sur ses pas...

XVI

En voyant Georges Pradel se diriger de nouveau de son côté, la juive frissonna de tout son corps.

— Va-t-il me tuer? — se demanda-t-elle.

Le lieutenant devina ce qui se passait dans l'esprit de la misérable créature.

— J'ai fait serment de ne pas vous châtier... — dit-il avec mépris. — Vous n'avez rien à craindre...

— Que me voulez-vous donc encore?

— Vous mettre hors d'état de me trahir, si la fantaisie vous en prenait, ce que je crois possible et probable...

— Je vous jure...

— Espérez-vous que je vais vous croire? — répliqua-t-il en haussant les épaules. — Allons donc ! !

Il ne faut pas que vous puissiez tenter un mouvement... Il ne faut pas qu'il vous soit possible de
donner l'éveil en poussant un cri... et, pour cela, je
vais vous attacher sur ce fauteuil et vous bâillon-
ner... — Si vous m'avez dit vrai les gens de cet
hôtel, inquiets demain de votre silence, enfonce-
ront la porte et vous délivreront. — Si vous m'avez
menti, je reviendrai cette nuit et je ferai justice...

— J'ai dit la vérité...

— Tant mieux pour vous !...

Deux minutes suffirent au lieutenant pour lier
solidement Rébecca et pour nouer derrière sa tête le
mouchoir placé sur sa bouche.

Il sortit ensuite de l'appartement par la chambre
numéro 4. — Il referma derrière lui la porte de cette
chambre, il mit la clef dans sa poche et il descendit.

— Mon hôte, — dit-il à l'aubergiste, — faites
mon compte, s'il vous plaît, pendant que je vais
seller et brider mon cheval... — Je pars...

— Cette nuit ?...

— A l'instant même...

— Mais la clientèle que vous veniez chercher à
Blidah ?...

— Je m'en occuperai plus tard...

— Après le soleil couché nos routes ne sont pas
sûres...

— Peu m'importe...

— Enfin, ça vous regarde... — Je vais préparer la petite note...

Et, tout en alignant des chiffres d'une notable exagération, l'aubergiste pensait :

— Décidément, c'est un fou ! ! — Il paraît que le coup de soleil était rude ! ! — Voilà une maison de Bordeaux bien représentée ! ! parlons-en ! !

Georges paya, se mit en selle d'un élan et lança son cheval au galop, tandis que le débiteur de Richard Elliot lui criait :

— Bon voyage et bonne chance ! !

L'étalon arabe, à qui une journée et demi de repos avait rendu toute son énergie, courait ou plutôt volait comme un oiseau noir sur la route de Boudjareck. — C'est à peine si les fers légers de ses quatre pieds touchaient le sable du chemin.

En beaucoup moins d'un quart d'heure il eut dévoré la distance qui séparait Blidah de l'habitation de Daniel Metzer.

Georges s'arrêta et descendit devant la porte à claire-voie.

Cette porte était close.

Le jeune homme s'y attendait.

Il se remit en selle et, sans même laisser prendre du champ à l'étalon, il lui fit franchir le saut de loup et la haie.

Une fois dans le jardin, il descendit de nouveau et

III   8

guidant par la bride sa vaillante monture, il se dirigea vers la maison.

Georges, à qui les libéralités de M. Domerat permettaient nous le savons le luxe d'un cheval de
selle, possédait celui-là depuis son arrivée en Algérie et le montait pour de longues promenades aussi
souvent que le service lui laissait quelques heures
de liberté.

Ali, — le noble animal s'appelait *Ali*, — unissait,
ainsi que la plupart des chevaux de sang oriental,
une grande douceur à une indomptable énergie et à
une intelligence merveilleuse.

Il connaissait et il aimait son maître. — Il lui
obéissait comme un chien, et, la bride sur le cou, le
suivait dans la campagne quand il plaisait à Georges
de mettre pied à terre.

La lune ne devait se lever qu'une heure plus tard
et les ténèbres étaient profondes.

Le lieutenant n'eut besoin de recourir à aucune
précaution pour s'approcher du logis sans être vu.

Dans le jardin, personne...

Partout l'obscurité compacte, le silence absolu.

Dolorès avait fermé les lourds volets du rez-de-
chaussée et verrouillé intérieurement la porte mas-
sive.

Comment savoir ce qui se passait derrière les murailles de cette demeure ? — De quelle manière en

franchir le seuil sans effraction et sans scandale?...
Georges recula d'une vingtaine de pas, regarda la
façade muette et fut au moment de pousser une exclamation de joie.

La surveillance exercée par lui pendant la soirée
précédente lui avait permis de se rendre compte
exactement de certaines distributions intérieures.

Il savait où se trouvaient la chambre de Richard
Elliot et la chambre de madame Metzer.

Or, deux croisées seulement, — séparées par trois
fenêtres sombres, — restaient éclairées.

L'une était celle du banquier et l'autre celle de
Léonide.

Une sorte d'ombre chinoise grotesque, — la sil-
houette du millionnaire, — se découpait en noir
sur les rideaux de mousseline de la première fenêtre.

Donc Richard Elliot n'avait pas encore quitté sa
chambre, en supposant qu'il dût la quitter.

La croisée de madame Metzer restait ouverte au
grand large, et nous savons déjà pour quel motif.

Ce motif, le lieutenant l'ignorait, mais les révélations de la juive lui permirent de le deviner.

Soudain la lumière disparut de la chambre du
banquier. — Elle ne s'éteignit point; — il était impossible de s'y tromper — elle s'éloignait.

L'hôte de Daniel Metzer sortait de chez lui.

Où allait-il ?

Georges ne le comprit que trop bien et étouffa un rugissement.

Son parti fut pris aussitôt.

Il conduisit son cheval sous la fenêtre de Léonide, le rangea contre la muraille et lui dit à voix basse :

— Ali, reste là... Ne bouge plus, mon fidèle ami !...

Puis, se servant de l'étrier en guise d'échelon, il prit son élan et se trouva debout sur la selle, comme un écuyer dans un cirque.

Le petit balcon n'était plus qu'à une faible distance au-dessus de sa tête. — Avec un effort il pouvait l'atteindre. — Pour lui c'était un jeu d'enfant.

Des deux mains il saisit la barre d'appui, l'escalada et bondit dans la chambre.

Léonide inanimée, et si pâle que son doux visage ressemblait à un masque de cire vierge, fut le premier objet qui frappa ses regards...

Une effroyable angoisse étreignit le cœur de Georges.

— Si elle était morte !... — murmura-t-il. — Dieu juste, auriez-vous permis cela ??...

Il allait s'approcher du lit pour s'assurer que la vie se cachait encore sous cette immobilité sinistre, sous cette pâleur effrayante.

Le temps d'accomplir son dessein lui manqua.

Brusquement la porte s'ouvrit et Richard Elliot, un bougeoir à la main, parut.

La lumière que le banquier tenait à la hauteur de ses yeux l'éblouissait, ainsi qu'il arrive toujours, et l'empêchait de rien distinguer.

Le ricanement passé chez lui à l'état de tic contractait plus que jamais son visage cynique.

Il entra dans la chambre, ferma la porte, posa son bougeoir sur un meuble et se retourna en se frottant les mains...

Mais alors il vit en face de lui Georges Pradel, immobile, silencieux, les bras croisés, le regard fixe, la respiration sifflante.

Jamais homme ne fut si vite et si complétement aplati par l'épouvante.

La face triomphante du millionnaire devint verte. — Il lui sembla qu'il ne restait pas une goutte de sang dans ses veines.

— Un guet-apens !... — balbutia-t-il d'une voix éteinte. — Un guet-apens !...

Et d'une marche plus chancelante que celle d'un homme ivre il essaya de regagner la porte.

Mais déjà le lieutenant s'était placé entre lui et cette porte.

— Laissez-moi passer... — poursuivit le banquier. — Je ne vous connais pas... ou plutôt si, je vous connais bien... mais je n'ai rien à démêler avec vous... — Je vous dis que je veux sortir...

8.

Georges Pradel appuya sa main sur l'épaule de Richard.

Sous ce contact, l'abject personnage fléchit comme un bœuf assommé d'un coup de massue.

Il tomba sur ses deux genoux.

Le jeune homme le saisit par le collet de son vêtement, et dans cette posture le traîna jusqu'au pied du lit où il le maintint prosterné.

— Maintenant, vil gredin, — lui dit-il d'une voix sourde, que le mépris et la fureur rendaient tremblante, — demandez pardon à celle qui ne peut vous entendre et que vous avez outragée lâchement, sinon, grâce à Dieu, par le fait, au moins par la pensée !...

— Oui... — fit le banquier dont on entendait claquer les dents, — je demande pardon... je m'humilie... j'implore...

— Avouez tout haut que vous êtes un misérable...

— Je suis un misérable... Je l'avoue... Je le proclame...

— C'est bien !... — Relevez-vous!!

XVII

— Relevez-vous ! — avait commandé Georges
Pradel.

Richard Elliot se redressa passivement, mais avec
une profonde stupeur.

— Vais-je donc en être quitte à si bon marché ?...
— se demandait-il.

C'est à peine s'il osait le croire, et cependant il sentait diminuer tant soit peu son écrasante terreur du
premier moment.

Peut-être nos lecteurs s'étonnent-ils non moins
que le banquier lui-même de l'invraisemblable modération du lieutenant, dont ils connaissent le ca-
ractère violent et irascible.

Rien de plus simple, malgré l'apparence.

Georges avait réfléchi.

— Sortir de la maison en passant par la fenêtre était chose impossible puisque, pour soustraire Léonide au péril, il devait l'emporter, et que le corps inerte de la jeune femme paralyserait ses mouvements.

Donc il fallait quitter le logis par la porte et à tout prix éviter un esclandre capable de donner l'éveil à Daniel Metzer qu'on verrait, au premier bruit suspect, accourir et s'opposer au départ par la ruse ou par la violence.

Ceci nous paraît expliquer de façon surabondante l'indulgence du lieutenant à l'endroit du lâche gredin qu'il aurait voulu fouler aux pieds.

Richard Elliot, flageolant sur ses jambes, la tête basse, les yeux hagards, attendait avec angoisse ce que Georges allait décider.

Le jeune homme se dirigea vers le lit.

Il souleva Léonide comme il aurait fait d'un enfant, et du bras gauche il appuya contre sa poitrine ce corps charmant et inanimé.

— Reprenez votre flambeau... — dit-il ensuite d'un ton bas et impérieux.

Le millionnaire s'empressa d'obéir.

— Où est l'escalier? — demanda Georges.

— Au milieu du couloir accédant à la pièce où nous sommes.

— Conduit-il droit à la porte de la maison ?

— Il conduit à un vestibule dans lequel se trouve cette porte...

— Sortez et passez le premier... — Guidez-moi dans le couloir... précédez-moi dans l'escalier, et songez que personne ne doit nous entendre !! — Étouffez donc le bruit de vos pas et soyez muet, sinon je vous enfonce entre les deux épaules le couteau que voici !

Richard Elliot, frissonnant, se conforma avec une merveilleuse docilité aux injonctions de l'officier, et fit pour glisser avec la légèreté d'une sylphide des efforts couronnés de succès qui, en toute autre circonstance, auraient paru grotesques.

Georges, chargé de son précieux fardeau et marchant derrière le banquier, atteignit le vestibule.

Il vit la porte en face de lui.

La clef se trouvait dans la serrure.

— Faites tourner cette clef, — commanda le jeune homme. — Tirez les verrous... — Ouvrez... — C'est bien !... — Allez, maintenant, misérable, et, si vous êtes prudent, tâchez de ne jamais vous trouver en face de moi, car, à notre prochaine rencontre, je ferais ce que je ne fais pas cette nuit, je vous souffleterais sur les deux joues et je vous cracherais au visage !!...

La porte était ouverte.

Après avoir formulé son menaçant adieu, Georges s'élança dans le jardin.

A peine avait-il quitté la maison que Richard Elliot se mit à crier, ou plutôt à hurler de toute la force de ses poumons :

— Au secours, Daniel Metzer !!... venez vite !... Apportez des armes !... On enlève votre femme !!...

Le lieutenant entendit et s'arrêta.

— Ah ! traître !! — murmura-t-il. — Ah ! vil gredin !... Infâme jusqu'au bout !!

Il étendit Léonide sur le gazon, rentra d'un bond dans le vestibule, rejoignit au milieu de l'escalier le millionnaire à qui l'épouvante donnait des ailes, et, le saisissant par derrière, noua autour de son cou ses deux mains qui se rapprochèrent comme les mâchoires inflexibles d'un étau.

Richard Elliot voulut crier une seconde fois à l'aide, mais au lieu d'un appel ce fut un râle sourd qui s'échappa de sa bouche démesurément élargie.

Ses yeux injectés jaillirent à demi de leurs orbites. — Le bougeoir s'échappa de ses doigts roidis, et les ténèbres devinrent profondes.

Georges, dénouant ses mains, lâcha le banquier.

Celui-ci, évanoui ou mort, tomba avec un bruit sinistre et roula de marche en marche jusqu'aux dalles du vestibule où il s'aplatit, ne bougeant plus

Le lieutenant franchit dans les ténèbres ce corps

ou ce cadavre et regagna le jardin, tandis qu'une porte s'ouvrait au premier étage et que la voix inquiète de Daniel Metzer demandait :

— Qu'y a-t-il ? — Que se passe-t-il ? — Pourquoi tout ce bruit ? — Est-ce vous, cher associé, qui m'éveillez ainsi dans mon premier sommeil ?

Richard Elliot ne pouvait répondre et nous croyons superflu d'ajouter que Georges ne répondit pas.

Il avait repris Léonide dans ses bras, il s'était remis en selle et Ali, malgré son double fardeau, galopait déjà comme un hippogriffe dans la direction d'Alger.

Qui le croirait ?

Tandis que la maison de Boudjareck servait de théâtre au drame que nous venons de raconter, Daniel Metzer dormait avec le calme de l'innocence, et les clameurs du millionnaire l'avaient tiré de son premier sommeil, ainsi qu'il venait de le dire.

Le mari de Léonide, sortant tout ému de sa chambre un flambeau à la main, aurait inspiré la verve d'un caricaturiste.

Le gros petit homme encore mal éveillé, simplement vêtu de sa chemise, d'un caleçon, et coiffé d'un immense foulard jaune citron, dont les pointes révoltées formaient au-dessus de sa tête deux cornes menaçantes, était absolument ridicule.

Cette figure en ce moment cessait d'être sinistre pour devenir comique.

Étonné du profond silence succédant à ces grandes clameurs, et stupéfait de ne recevoir aucune réponse, Daniel, dans le costume que nous avons décrit, se dirigea vers la chambre de Richard Elliot.

Il la trouva vide.

Le lit intact prouvait que le banquier ne s'était point couché.

Sans témoigner la moindre surprise, Metzer prit le chemin de la chambre de sa femme.

La porte et la fenêtre ouvertes, la lampe encore allumée et l'absence de la maîtresse du logis l'intriguèrent visiblement.

— Qu'est-ce que cela signifie? — se demanda-t-il. — Où est Richard Elliot? Où est Léonide? Qui donc poussait tout à l'heure les cris inhumains qui m'ont réveillé et auxquels je n'ai rien compris?...

Il s'approcha de la croisée, se pencha au dehors et prêta l'oreille.

Il n'entendit rien.

Le bruit du galop impétueux de l'étalon s'était déjà perdu dans l'éloignement.

— Bien singulier!! — murmura Daniel en refermant la fenêtre. — Certainement il se passe ici quelque chose qui n'est pas naturel... — Y aurait-il des voleurs dans la maison?...

Troublé par cette pensée le mari de Léonide regagna précipitamment sa chambre où il se munit d'un revolver ; puis, décidé à parcourir la maison du haut en bas jusqu'à ce qu'il eût découvert le mot de l'énigme, il longea de nouveau le couloir et s'engagea dans l'escalier.

A peine en avait-il franchi les premières marches, qu'il vit en face de lui la porte du vestibule ouverte au grand large.

— Richard Elliot et Léonide sont-ils en train de faire une promenade nocturne dans le jardin?... — pensa-t-il. — C'est bien invraisemblable!!... — Et, cependant, si ce n'est pas eux, qui donc est sorti ? — Et puis enfin, où seraient-ils?...

En monologuant de cette façon Daniel descendait toujours, ne regardant point devant lui, tant la porte non close absorbait son attention.

Il faillit tomber soudain et poussa un cri d'effroi.

Ses pieds venaient de heurter le corps étendu dans le vestibule, la face tournée contre les dalles.

— Un homme!! — balbutia Metzer en proie à une émotion facile à comprendre. — Un homme mort!! — Quel est cet homme? — D'où venait-il? — Que voulait-il?... — Que lui est-il arrivé?...

Le juif se pencha vers le prétendu mort, le retourna d'une main tremblante et poussa un nouveau cri.

Il reconnaissait Richard Elliot, quoique l'infortuné banquier fut à peu près méconnaissable.

Son visage, tout à la fois livide et violacé, semblait atteint par la décomposition cadavérique.

Ses prunelles avaient disparu sous les paupières bouffies qui ne laissaient voir que le globe de l'œil injecté de sang.

Des empreintes bleuâtres marbraient le cou au dessus de la cravate.

La langue tuméfiée pendait entre les mâchoires disjointes.

Ces détails constituaient un ensemble hideux et effrayant.

— Richard Elliot a toute la mine d'un homme étranglé !! — pensa Metzer. — Cela ressemble fort à un assassinat !! — Un assassinat dans mon logis !! Dieu d'Israël ! — Pourvu qu'on n'aille point m'en rendre responsable ! — Bah ! je prouverais facilement mon innocence... — L'acte d'association n'étant point signé, j'avais évidemment le plus grand intérêt à prolonger la vie du banquier... — Mais est-il bien certain qu'il ait cessé de vivre?... Voyons un peu...

Daniel se pencha de nouveau vers le corps, posa sa main sur le côté gauche de la poitrine et l'y maintint pendant quelques secondes.

Le cœur du millionnaire battait faiblement, mais d'une façon distincte et régulière.

Le mari de Léonide se releva souriant et dit presque à haute voix :

— C'était une fausse alerte !... Il en reviendra certainement !!

XVIII

Il s'agissait de mettre Richard Elliot dans son lit et de lui ordonner des soins indispensables.

Daniel alla chercher la mulâtresse que tout ce bruit n'avait point réveillée.

Elle s'habilla sommairement, elle accourut et, poussant de grands hélas, elle prit le banquier par les pieds tandis que le maître de la maison le soulevait par les épaules, et tous deux le portèrent dans sa chambre, le dévêtirent et l'étendirent sur sa couche.

Le faiseur d'affaires, tout en jetant de l'eau froide au visage de son hôte et en lui plaçant sous les narines un flacon de sels anglais, forgeait un petit roman très-vraisemblable pour s'expliquer à lui-même la disparition de madame Metzer.

— Mon futur associé, — se dit-il, — aura voulu jouer ce soir son rôle de vieux céladon. — Léonide, serrée de trop près et prenant mal la chose, se sera défendue... — Les femmes ont une force nerveuse dont on ne se fait pas d'idée... — C'est l'empreinte de ses doigts mignons qui marbre le cou de Richard. — Une syncope étant survenue, Léonide effrayée s'est enfuie et se cache sans aucun doute dans quelque coin du jardin... — La chercher serait inutile et l'appeler serait sans résultat... — La fraîcheur de la nuit calmera son exaltation... — Au point du jour elle rentrera...

Les aspersions d'eau froide et les aspirations de sels anglais prodiguées par Daniel ne produisirent d'abord aucun résultat.

Enfin, au bout d'une heure, le millionnaire fit un mouvement léger et bégaya d'une voix rauque quelques mots inintelligibles.

— Vous trouvez-vous mieux, cher ami? — demanda vivement Metzer.

Richard Elliot ne répondit point et ne parut même pas entendre.

Aucune lucidité d'esprit n'accompagnait son retour matériel à la vie.

Sa lourde chute sur les marches de l'escalier et sur les dalles du vestibule avait déterminé une sorte de congestion cérébrale.

Son visage devint brusquement couleur de brique, ses yeux brillèrent d'un éclat inquiétant et des paroles confuses, incohérentes, mêlées de plaintes sourdes, s'échappèrent de ses lèvres.

Une fièvre violente se déclarait, accompagnée de transport au cerveau.

— Diable ! — pensa Metzer, — voilà qui va mal !... — Il faudrait un médecin, il le faudrait peut-être tout de suite, et je ne sais aucun moyen de m'en procurer un cette nuit ! — Comment faire ?...

Laissons le juif trembler d'effroi à la pensée d'être compromis notablement s'il arrivait malheur au banquier.

Laissons ce dernier se débattre, délirer, gémir, et rejoignons Georges Pradel courant à fond de train sur la route d'Alger, avec son précieux fardeau.

Tandis qu'Ali bondissait dans les ténèbres comme le cheval-fantôme des vieilles ballades d'outre-Rhin, le lieutenant pressait contre sa poitrine Léonide toujours inanimée, car ni l'air de la nuit, ni la vitesse de la course, ne parvenaient à dissiper le profond et sinistre sommeil qui ressemblait tant à la mort.

L'officier n'éprouvait plus cependant à ce sujet de sérieuse inquiétude.

Il savait la jeune femme vivante. — Il sentait son cœur battre, et le souffle échappé de ses lèvres effleurer son visage.

Une préoccupation d'un autre genre s'était emparée de lui et le harcelait sans trêve.

Il songeait à l'avenir avec une profonde terreur.

En enlevant madame Metzer, il venait, il est vrai, de la soustraire au danger immédiat qui la menaçait; mais la durée de sa protection ne pouvait être indéfinie, et le péril un instant conjuré ne tarderait point à renaître...

Croyant à la vertu de sa bien-aimée comme il croyait à son propre honneur, il avait la conviction que Léonide ne lui donnerait sur elle aucun droit et ne consentirait point à quitter son odieux mari et à suivre celui qui l'aimait.

D'ailleurs il dépendait lui-même de son oncle Philippe Domerat.

Or, — malgré sa tendresse et son indulgence, — l'armateur du Havre ne pardonnerait certes pas à son neveu de briser sa carrière militaire, et Georges, privé de ressources personnelles, ne pouvait songer à donner sa démission pour fuir au bout du monde avec la jeune femme...

En face de cette situation à peu près sans issue, quel parti prendre?...

Georges se demandait cela et se sentait devenir fou...

Enfin une lumière brilla dans les ténèbres de son esprit.

Il résolut de faire tous ses efforts pour que madame Metzer sollicitât des tribunaux une séparation qu'elle obtiendrait sans aucun doute.

Jusqu'au jour où cette séparation serait judiciairement prononcée, madame Metzer aurait le droit d'abandonner le toit conjugal et de chercher un asile dans une maison religieuse...

Et si Daniel tentait de s'y opposer, lui, Georges Pradel, irait le trouver et lui dirait :

— Prenez garde !... — Je sais tout ! J'ai tout compris ! ! — Je vous parle au nom des droits que me donne une affection pure et profonde ! ! Cette tendresse immense et chaste justifie l'étrangeté de ma démarche !... — Votre indignité vous met hors la loi ! — Si vous ne rendez libre l'ange qui porte votre nom, aussi vrai que je suis un honnête homme je vous brûlerai la cervelle ! !

Le lieutenant pensait aussi à Richard Elliot.

— L'ai-je étranglé tout à fait? Est-il mort? — se demandait-il.

Puis, il ajoutait :

— S'il est vivant, je trouverai pour l'insulter un prétexte... le premier venu... — Je me battrai avec lui... je le tuerai, et, de ce côté du moins, Léonide n'aura plus rien à craindre...

Ces résolutions de Georges Pradel peuvent sembler insensées, mais il faut tenir compte de la fièvre nerveuse et de la surexcitation morale d'un homme de vingt-cinq ans, emportant dans ses bras, au galop de son cheval, la femme qu'il adore et qu'il vient d'arracher à l'effroyable situation qui nous est connue.

Ali, cependant, ralentissait d'une façon sensible son impétueuse allure.

Malgré sa double charge, l'étalon d'Orient avait franchi en moins de trois heures la distance de douze lieues séparant Boudjareck de la petite ville située à peu près à moitié chemin d'Alger à Blidah.

La fatigue venait.

Le courage du noble animal ne faiblissait point, mais ses muscles et ses tendons surmenés trahissaient son énergie.

Par moment il ployait sur ses jarrets.

Il avançait toujours, néanmoins, mais des bonds inégaux remplaçaient ses foulées puissantes et régulières. — Une sueur abondante ruisselait sur le satin noir de sa robe. — Son poitrail était blanc d'écume et sa respiration sifflait en s'échappant de ses naseaux enflammés.

Tout à coup, il broncha et faillit s'abattre.

Georges s'aperçut alors pour la première fois de ces symptômes d'épuisement.

— Pauvre Ali ! ! — murmura-t-il en caressant de la main l'encolure souple du buveur d'air. — Je suis

9.

un maître sans pitié !... — Plus qu'un effort, mon camarade, et nous aurons accompli la première moitié de notre tâche...

L'étalon, comme s'il eût compris ces paroles, s'allongea de nouveau et dévora l'espace.

En quelques minutes il eut atteint la petite ville, et il s'arrêta lui-même devant la porte de l'auberge où le lieutenant s'était reposé peu de jours auparavant et où l'escorte de la diligence, faisant le service entre Blidah et Alger, échangeait ses chevaux fatigués contre des chevaux frais.

Le jour ne devait point tarder à paraître, cependant l'aube ne blanchissait pas encore le sommet des collines du côté de l'Orient.

Un garçon mal éveillé ouvrit la porte charretière et parut fort surpris à la vue de ce cavalier tenant sur l'arçon de sa selle une jeune femme sans connaissance.

— Miséricorde ! — s'écria-t-il. — Est-ce que la pauvre femme est morte ?

— Non, elle dort... — répondit Georges. — Deux chambres tout de suite, — ajouta-t-il, — en mettant une pièce de cinq francs dans la main de son interlocuteur, — une place dans l'écurie pour mon cheval, et pas un mot à qui que ce soit au sujet de la présence de cette dame à l'auberge...

— Ah ! vous pouvez être bien tranquille ! — fit le

garçon en riant. — Je me tairais pour rien... Jugez un peu si je me tairai pour cent sous ! ! — Attachez votre animal par la bride à l'anneau que voilà près du volet... — Je le rentrerai tout à l'heure, mais d'abord je vais prendre une lumière à la cuisine et vous montrer vos logements.

Cinq minutes plus tard le lieutenant, après avoir étendu sur un petit lit de fer Léonide toujours endormie, quittait la chambre, fermait la porte, mettait la clef dans sa poche et redescendait pour s'assurer par ses propres yeux que son fidèle Ali ne manquerait de rien.

— C'est vous qui avez couché ici l'autre soir, allant à Blidah... — lui dit le garçon. — Présentement je vous reconnais bien, et votre bête aussi... — Le brave cheval va avoir une écurie pour lui tout seul, pas très-grande, mais il n'en sera que mieux... — Figurez-vous, monsieur le voyageur, que nos écuries sont bondées ! — Outre les chevaux frais de la diligence et du peloton, nous avons les relais de la calèche du plus riche banquier d'Alger, M. Richard Elliot dont vous avez peut-être entendu parler, et les montures de son escorte... — En voilà de la cavalerie ! — Aussi tout est plein...

En conséquence, Ali fut introduit dans une étroite étable, domicile habituel d'une petite vache et d'un âne que le valet expulsa sans cérémonie.

L'étalon africain, débarrassé de la poussière par une friction vigoureuse, but avidement l'eau presque glacée que deux ou trois poignées de farine d'orge rendaient laiteuse, dévora une ration équivalant à six litres d'avoine, et se roula sur la litière épaisse une satisfaction manifeste.

Georges, n'ayant plus à se préoccuper du bien-être de son vaillant compagnon, remonta au premier étage et rentra sans bruit dans la chambre voisine de celle où reposait madame Metzer.

Une porte entr'ouverte établissait une communication entre les deux pièces.

Le jeune homme s'installa dans un vieux fauteuil, appuya ses coudes sur une petite table, prit sa tête entre ses mains et se mit à réfléchir profondément...

Le temps passa... — L'obscurité céda la place au crépuscule, chassé lui-même par le soleil levant.

A la minute précise où la lumière radieuse envahissait l'espace, Georges tressaillit.

Léonide venait de s'éveiller et poussait un long soupir...

XIX

Le lieutenant franchit le seuil de la chambre où se trouvait madame Metzer.

La jeune femme, soulevée à demi et appuyant l'une de ses mains sur l'oreiller du lit pour se soutenir, promenait autour d'elle un regard étonné.

En voyant entrer Georges, elle fit un geste de stupeur.

— Vous !! — s'écria-t-elle. — Où suis-je donc?...

— Vous êtes en lieu sûr, madame... — répondit l'officier. — Vous êtes sous la garde du plus dévoué de vos serviteurs, du plus respectueux de vos amis...

— Je ne reconnais pas la chambre où je me trouve...

— Avant ce jour vous ne l'aviez jamais vue...

— Encore une fois, où suis-je?

— A douze lieues de Boudjareck...

— Comment y suis-je venue?...

— A cheval, endormie, et soutenue dans mes bras...

— Et je ne me suis point éveillée!!...

— Un misérable avait pris ses mesures pour que le réveil fut impossible !

— Il me semble que je rêve!... — Ce que vous me dites paraît ncroyable et cependant doit être réel !... — Que s'est-il donc passé?...

— Vous allez tout savoir...

Georges prit une chaise et s'assit près du lit sur lequel reposait Léonide entièrement vêtue.

Il raconta brièvement, mais sans omettre aucun détail, ce que nos lecteurs savent déjà.

A mesure qu'il avançait dans ce récit, madame Metzer se sentait défaillir et son doux visage devenait d'une pâleur mortelle.

Quand l'officier eut achevé elle se souleva de nouveau, lui prit les deux mains qu'elle appuya contre son cœur bondissant, et balbutia avec l'effusion d'une ardente reconnaissance :

— Je vous dois le salut... je vous dois l'honneur... je vous dois la vie!! — Comment vous remercier et vous récompenser, ô mon unique ami?...

— En me permettant de me dévouer pour vous
ans cesse, — répliqua Georges vivement ; — en
n'autorisant à vous aimer de loin, en silence... en
ne donnant une petite part de votre tendresse en
change de mon adoration sans bornes...

— Ah ! — s'écria Léonide entraînée presque à
on insu par une exaltation plus puissante que sa
volonté, — cette tendresse dont vous sollicitez
ne part, vous savez bien qu'elle est à vous tout en-
ière...

A peine la jeune femme eut-elle prononcé ces
aroles qu'elle regretta d'avoir trahi le secret de sa
ensée.

Elle comprit qu'elle venait de montrer sans voiles
on âme si candide et si chaste. — Un frisson de
udeur courut sur sa chair, — elle se détourna brus-
uement et cacha dans les plis de l'oreiller sa figure
mpourprée.

Un silence de quelques secondes suivit l'imprudent
veu de madame Metzer.

Georges aimait d'une passion trop profonde, trop
érieuse et trop pure, pour songer un seul instant à
buser de cet aveu qui dépassait son espérance.

Il eut l'héroïsme et la générosité de mettre fin à
ne situation enivrante pour lui, mais embarrassante
our Léonide, et il dit d'une voix émue :

— Abandonnons le triste passé, madame, et lais-

sons de côté les souvenirs mauvais... — Si le passé
est irréparable, l'avenir nous appartient encore... —
Occupons-nous de l'avenir...

Madame Metzer releva la tête, et adressant à Georges
un regard plein de gratitude qui signifiait clairement : — « Je vous ai deviné ! Merci !! » — Elle
murmura :

— Qu'allons-nous faire ?...

— Voulez-vous connaître les pensées qui, cette
nuit, traversaient mon esprit ?...

— Je le veux... — Ne me cachez rien...

Le lieutenant alors expliqua d'une façon claire et
rapide qu'il ne voyait de chances de repos et de sécurité pour Léonide que dans une séparation judiciaire, et nous n'étonnerons point nos lecteurs en
affirmant qu'il n'eut pas beaucoup de peine à convaincre la jeune femme.

— Oui, — fit-elle. — Vous avez raison... — Vous me
montrez l'unique voie honorable ouverte devant
moi... — Je la suivrai... — Je n'ai plus ni la force ni le
courage de subir une existence d'humiliations, d'angoisses, d'épouvante... — La mesure est comble !...
Il faut en finir... — Mais je ne veux pas de scandale...
— Comme l'hermine j'ai horreur des taches... —
Dieu me garde, quand je suis martyre, de mettre
par une démarche imprudente les apparences contre
moi !... C'est de l'orgueil peut-être, mais il est légi-

time... — Je mourrais de honte, je le sens, si l'on disait de moi : — « Cette femme a quitté son mari pour suivre l'homme qu'elle aimait !! » — Je rentrerai donc à Alger dans la maison de M. Metzer, et j'en sortirai la tête haute, quand les magistrats m'auront autorisée à m'enfermer dans un couvent jusqu'au jour où l'arrêt de la justice me rendra libre... — M'approuvez-vous?...

— Certes, je vous approuve... — Mais ne craignez-vous pas?...

— Je ne crains rien !... — interrompit Léonide. — Aucun danger ne saurait m'atteindre avant la fin de mon esclavage, car nuit et jour je serai sur mes gardes !... — Éclairée par tant d'infamie, je déjouerai tous les complots !...

La confiance absolue de madame Metzer était communicative et Georges finit par la partager.

Il était convaincu d'ailleurs que l'autorisation de se retirer dans une maison religieuse serait accordée sans retard à la jeune femme, sur le simple exposé des injures graves qu'elle avait subies.

Restaient à traiter certaines questions de détail fort importantes au point de vue du procès futur.

De quelle façon retourner à Alger, et comment réintégrer le domicile conjugal?...

Rentrer dans la ville en croupe du lieutenant était impraticable. — Une telle folie suffirait amplement pour mettre tous les torts du côté de madame Metzer.

Deux expédients se présentaient : — louer une voiture particulière, ou prendre place dans la diligence, en supposant, bien entendu, que Daniel à la poursuite de sa femme ne s'y trouvât point.

Georges préférait, et de beaucoup, le premier de ces deux modes de locomotion ; il y voyait ce grand avantage que Léonide, se trouvant seule, n'aurait point à répondre aux questions importunes des curieux indiscrets.

Il sortit afin de se mettre à la recherche d'un véhicule.

En traversant la cour il vit le garçon d'auberge et deux palefreniers traîner par le collet de ses vêtements en haillons et crosser à coups de pied un jeune misérable de mine plus que suspecte, surpris par eux dans l'écurie qu'occupaient les chevaux frais destinés à l'escorte de la diligence.

— Tu viens chez nous pour tâcher de voler l'avoine, mauvais gueux!! — lui cria le valet en accompagnant ses paroles d'une dernière bourrade ; — si nous t'y repinçons, nous te ferons périr sous le fouet! — Te voilà prévenu!... — Allons, décampe! et qu'on ne te revoie plus ici !

Le vagabond s'élança dehors et prit la fuite sans prononcer une parole ; mais, à quelque distance, il

e retourna et montra le poing à celui qui venait de
e menacer.

Le lieutenant quitta l'auberge sans se préoccuper
.utrement de cette scène.

Il parcourut la petite ville et il acquit bientôt la
.ertitude qu'aucun des rares propriétaires de che-
'aux et de voitures ne consentirait, même pour une
.omme considérable, à conduire madame Metzer à
Alger.

La récente arrestation de la diligence, racontée
.ar nous dans l'un des précédents chapitres, inspirait
.. tout le monde dans la province une frayeur très-
.aturelle.

On ne rêvait qu'embuscades de maraudeurs arabes,
.illage des marchandises, égorgement ou capture des
voyageurs.

Il ne restait donc que la ressource de la voiture
publique.

Partie de Blidah au point du jour, elle devait passer un peu avant midi, relayer, et arriver à Alger
vers la tombée de la nuit.

Georges vint rendre compte à Léonide du résultat
de ses démarches.

— Eh bien, — dit-elle, — la question est tranchée...
— Je partirai par la diligence... — Mais, — ajouta-
t-elle, — si la place manque ou si le malheur veut

que M. Metzer soit au nombre des voyageurs, comment faire?

— Nous resterons ici jusqu'au soir, — répliqua le lieutenant. — Nous achèverons la route à cheval, à la faveur des ténèbres, comme nous l'avons commencée, et ne nous séparerons qu'aux portes d'Alger...

— Mais les embuscades des bandits?

— Elles ne sont guère à craindre après le coucher du soleil... — La nuit, ces pillards ne se donnent point la peine de guetter, sachant que personne ne passera... — La présence de M. Metzer dans la diligence me paraît d'ailleurs invraisemblable... — Il doit être à cette heure à Boudjareck en train de soigner Richard Elliot, si je n'ai pas tout à fait étranglé ce drôle.

— Dieu ne veut pas la mort du pécheur... — murmura Léonide.

— Oui, à la condition que le pécheur se repentira, et Richard Elliot, je vous le garantis, madame, mourra dans la peau d'un incorrigible gredin !!...

— Est-il possible de me procurer un voile ? — reprit la jeune femme.

— C'est possible et c'est facile... — J'y vais...

Georges sortit de nouveau et fit l'emplette de quelques mètres de gaze que madame Metzer pourrait rouler autour de sa tête pour cacher son visage.

En revenant, il entra dans l'étable où se trouvait ili.

Le vaillant animal hennit joyeusement en voyant on maître et tourna vers lui sa belle tête intelligente t fine, comme pour solliciter une caresse.

Sa robe noire aux reflets soyeux brillait comme lu satin.

Quelques heures de repos avaient fait disparaître oùte trace de lassitude. — Il ne semblait pas plus atigué qu'après une promenade du matin.

— Ce brave compagnon est en état de suivre l'es- :orte... — murmura Georges. — C'est à peine si j'o- ;ais y compter...

Il remonta près de Léonide et partagea avec elle in repas dont ils avaient tous deux grand besoin.

Au moment où ils l'achevaient, un bruit de grelots innonça l'approche de la diligence.

XX

La diligence faisait halte à l'auberge pendant une demi-heure, pour laisser aux voyageurs et aux cavaliers de l'escorte le temps de déjeuner.

Georges quitta Léonide et, abrité sous le large chapeau de paille qui cachait les trois quarts de son visage, il alla aux informations.

Le résultat de son enquête fut satisfaisant.

Daniel Metzer ne se trouvait point au nombre des voyageurs et une place restait libre dans le coupé.

Les deux autres places appartenaient à des femmes d'officiers, rejoignant leurs maris.

Plusieurs négociants en céréales, ayant à Blidah leurs magasins, occupaient l'intérieur et portaient avec eux des sommes importantes, en vue de payements qu'ils devaient effectuer à Alger.

Une famille de colons, composée du père, de la mère et de quatre enfants, remplissait la rotonde.

Le lieutenant s'aboucha avec le conducteur et retint la place du coupé.

Il régla son compte à l'auberge, sella et brida lui-même Ali et rejoignit madame Metzer. Elle fit aussitôt ses préparatifs de départ, préparatifs bien simples qui consistaient à enrouler autour de sa tête le voile de gaze apporté par Georges.

Dix minutes plus tard la jeune femme s'installait dans le coupé, l'officier sautait à cheval, se faisait reconnaître du maréchal des logis commandant les huit hommes d'escorte, et prenait place parmi les cavaliers.

Le postillon agita son fouet, les grelots de l'attelage cliquetèrent, et la diligence partait à un trot rapide qui ne devait pas tarder beaucoup à se ralentir, selon la coutume invariable des voitures publiques.

Tout alla bien pendant les deux premiers tiers de la route, et rien n'empêchait de supposer que le reste du voyage s'effectuerait de même.

Mais voici que subitement, sans cause appréciable, l'un des chevaux du peloton donna des signes d'une agitation furieuse.

Ce cheval, habituellement très-doux et très-docile, fit des bonds insensés, détacha coup sur coup des ruades fort dangereuses pour ses compagnons, cessa d'obéir à la pression du mors et emballa son cavalier stupéfait de cet accès de vertige.

Au bout de quelques minutes de galop à outrance l'animal emporté s'arrêta court ; une sueur visqueuse couvrit son corps ; il trembla sur ses jambes, s'abattit comme un arbre coupé par le pied, se roula pendant une ou deux secondes, en proie à d'effrayantes convulsions, et ne remua plus...

Il était mort.

Georges et le maréchal des logis mirent pied à terre auprès de son cadavre, qu'ils examinèrent avec un étonnement inquiet.

— Voyez donc, mon lieutenant ! — s'écria le sous-officier en écartant les mâchoires du cheval foudroyé.

— Que veut dire ceci ?

La langue et les gencives étaient noires ; — le palais, sanguinolent et sillonné de gerçures, semblait cautérisé par un fer rouge.

— C'est bien étrange ! — murmura Georges. — Quelle peut être cette maladie inconnue et terrible ?...

— On jurerait un empoisonnement... — reprit le maréchal des logis.

— C'est vrai... Mais l'apparence doit être trompeuse... — De quelle façon un empoisonnement aurait-il eu lieu ?...

Il était impossible de répondre à cette question.

On débarrassa le cadavre de son harnachement qui fut placé avec les bagages. — Le cavalier démonté grimpa sur l'impériale, et la voiture se remit en marche.

Georges éprouvait une préoccupation très-vive, une sorte d'angoisse instinctive, et cependant il se disait :

— Peut-être sommes-nous en face d'un accident fortuit et isolé...

Mais, au bout d'un quart d'heure, la monture du maréchal des logis donna les signes d'agitation précurseurs de la fin tragique de son infortuné camarade, s'emporta comme lui, comme lui s'abattit agonisante, et mourut en offrant des symptômes identiques.

Le sous-officier prit le cheval de l'un de ses hommes, qui rejoignit sur l'impériale le premier cavalier...

Abrégeons.

En moins d'une heure, l'escorte toute entière se trouvait à pied, et il fallait laisser en arrière cinq des huit hommes qui la composaient.

L'empoisonnement des chevaux devenait indiscutable.

Georges se souvint alors de ce jeune vagabond à mine de gredin, surpris dans l'écurie et chassé par les palefreniers de l'auberge, et il ne douta pas une minute que le crime n'eût été commis par lui.

Mais pourquoi ce crime? — Dans quel but?

Le but n'était, hélas! que trop facile à deviner...

Les pillards arabes, avertis sans doute par leurs mystérieux espions que la diligence contiendrait à jour fixe des valeurs importantes, avaient voulu enlever aux voyageurs toute chance de salut en les privant d'une partie de leur escorte.

Pour arriver à ce résultat ils avaient eu recours à l'un de ces terribles toxiques végétaux que produit la terre africaine et que connaissent les indigènes.

Il était désormais hors de doute qu'une embuscade se trouvait quelque part et qu'il y faudrait tomber.

Quel parti prendre?

En avant et en arrière, sur la route, aucun village.

Fallait-il s'arrêter et attendre du secours?

Impossible!...

Ce secours, d'où viendrait-il? Rien ne prouvait d'ailleurs que les Arabes, comptant sur un temps d'arrêt prévu par eux, n'allaient pas accourir en force de tous les points de l'horizon pour accomplir leur œuvre de brigandage...

Le plus sage était donc d'aller en avant, à la grâce

de Dieu, et de se défendre le mieux possible au moment où commencerait l'attaque.

On distribua aux voyageurs les mousquetons des
cavaliers démontés. — Georges dont le cheval, grâce
à son isolement dans l'étable de la vache laitière et
du petit âne, avait échappé au poison, reçut deux pistolets ; puis la diligence, alourdie par le supplément
de poids de quatre hommes, se remit lentement en
marche.

Le lieutenant, monté sur le vaillant Ali qui conservait toute sa vigueur, précédait de cent cinquante
ou deux cents pas la pesante voiture, afin d'éclairer
la route.

Pour lui-même il ne craignait rien...

Un soldat doit savoir affronter résolûment la
mort, sous quelque aspect qu'elle se présente, et
Georges avait cette bravoure qui ne se dément jamais et n'a pas besoin d'être exaltée par les roule-
ments des tambours et les sonneries des clairons.

Mais il tremblait pour Léonide.

En songeant que sa bien-aimée serait peut-être as-
sassinée lâchement sous ses yeux ; à la pensée, plus
terrible et plus effrayante encore, qu'elle pourrait
tomber vivante aux mains des bandits, écume des
Goums, le jeune homme frissonnait d'épouvante et
son cœur se serrait dans sa poitrine.

A mesure que s'écoulait le temps, la marche de la

voiture devenait plus lente, et c'est à grand'peine qu'une grêle de coups de fouet obtenait des chevaux un petit trot saccadé et inégal.

Le soleil descendait à l'horizon du côté de la mer, — le crépuscule allait bientôt venir...

On était encore à trois lieues d'Alger.

Tant que le chemin se déroula, comme une interminable ligne blanche, entre des monticules sablonneux, rien de suspect ne s'offrit aux regards du lieutenant ; mais on allait traverser un passage d'aspect inquiétant, et qui, mieux encore que les versants des hauteurs d'Ouled-Mandel, théâtre de la première attaque, semblait fait exprès pour une embuscade.

Georges se rapprocha de la diligence.

— Soyons sur nos gardes... — dit-il à voix basse aux soldats juchés sur l'impériale et aux voyageurs. — Si le danger est quelque part, ce doit être ici...

— Compris la consigne, mon lieutenant ! — répliqua le maréchal des logis. — Nous avons l'œil œuvert et le doigt sur la gâchette de nos mousquetons...

La route s'enfonçait brusquement dans un défilé long de près d'un kilomètre.

A gauche s'élevait une muraille de granit noir, taillée à pic comme une falaise.

A droite s'arrondissaient les flancs d'une colline couverte de chênes-liéges séculaires.

Le feuillage luxuriant de ces vieux arbres répandait, même en plein midi, une ombre crépusculaire sur le chemin étroit.

Entre les troncs noueux se voyaient des blocs de rochers moussus et des touffes de broussailles épaisses.

Parmi ces broussailles et ces blocs de petits sentiers naturels, tracés par les eaux à l'époque des pluies torrentielles, formaient un inextricable lacis.

Un régiment tout entier aurait pu se placer en embuscade derrière les chênes, les rochers et les touffes de verdure, sans que rien dénonçât la présence d'un seul homme.

La diligence, — que Georges précédait de quelques pas seulement, — s'enfonça dans le défilé.

Elle en parcourut sans encombre à peu près la moitié.

— Ai-je cru trop vite au péril? — se demandait le lieutenant.

A cette minute précise il eut la preuve du contraire...

Un Arabe à longue barbe blanche, abandonnant le tronc d'arbre derrière lequel il se cachait, apparut à trente pas de la voiture, épaula son lourd mous-

10.

quet à crosse incrustée de nacre,! tira sur Georges et ne l'atteignit pas.

Le jeune homme riposta par un coup de pistolet.

L'Arabe reçut la balle en pleine poitrine et tomba.

Au bruit de la double détonation répondit une clameur effroyable.

Des burnous déchiquetés, des haillons de nationalité indécise, se montrèrent aussitôt sur les pentes de la colline...

En même temps petillait un véritable feu de peloton dirigé contre la diligence.

Les maraudeurs étaient plus de soixante!...

— Ils sont trop! — pensa le jeune homme. — Il ne nous reste qu'à mourir ; mais du moins faisons payer chèrement notre vie à ces misérables!

La première décharge n'avait blessé que le maréchal des logis, et encore assez légèrement.

Les soldats et les voyageurs engagèrent le feu à leur tour et, plus adroits ou plus heureux que les assaillants, abattirent trois ou quatre bandits.

Un hurlement plus sauvage et plus farouche encore que le premier témoigna de la fureur des Arabes qui s'élancèrent pour attaquer de près...

XXI

Georges Pradel venait d'entendre les balles siffler autour de lui, mais il se trouvait sans blessure.

Un de ses pistolets étant déchargé, et par conséquent inutile, il l'avait remis dans une des fontes de sa selle.

Il tenait l'autre de la main droite.

Au lieu de lancer son cheval en avant et de fondre sur les agresseurs, ainsi qu'en toute autre occasion il n'aurait point manque de le faire, il vint se placer auprès de la diligence, à deux pas de la portière du coupé et par conséquent de madame Metzer.

Certes il ne conservait aucune illusion folle, aucun espoir insensé.

Il savait qu'il lui serait matériellement impossible,

sinon de combattre pour la jeune femme au moins de la protéger efficacement.

Son parti était pris.

Il admettait la pensée de voir Léonide morte...

Il n'admettait point que sa bien-aimée pût tomber aux mains des bandits et subir les outrages effroyables auxquels sa beauté merveilleuse et la brutalité de ses ravisseurs la condamneraient infailliblement.

En conséquence il s'apprêtait à la tuer roide d'un coup de pistolet, au moment où lui-même n'aurait plus qu'à mourir...

Ce moment était proche...

Les Arabes venaient d'essuyer une seconde décharge qui leur avait tué deux hommes.

Au lieu de courir ils bondissaient, sachant bien qu'ils n'avaient plus en face d'eux que des adversaires désarmés.

Les uns, saisissant leurs lourds fusils par le bout du canon, les faisaient tournoyer comme des massues...

Les autres brandissaient leurs yatagans aux lames massives et pesantes...

Le massacre semblait les attirer autant que le pillage. — Altérés de sang et d'or, ils accompagnaient leurs bonds de hurlements sinistres.

Jamais bande de fauves allant au carnage ne fut plus hideuse et plus effrayante.

Deux ou trois de ces misérables — (comme s'ils tenaient à rester inconnus de leurs victimes), — avaient percé des trous dans les capuchons de leurs burnous, et, rabattant ces capuchons sur leurs visages, ressemblaient à des moines vêtus de la cagoule...

— Allons, — se dit Georges, — c'est la fin !

Léonide, en ce moment, se pencha hors de la portière.

Sans le voile qui l'enveloppait on aurait vu qu'elle était très-pâle, mais très-calme.

Elle fit signe au lieutenant de se pencher vers elle.

— Nous sommes perdus, n'est-ce pas ? — murmura-t-elle à son oreille.

— Oui, madame... — répliqua l'officier.

— Il ne nous reste plus aucune chance de salut ?

— Aucune.

— Eh bien, à vous ma dernière pensée, à vous mon dernier souffle, à vous mon dernier sourire !! — Georges, je vous aime ! — Tuez-moi ! !...

— Soyez tranquille, ma Léonide ! — répondit le lieutenant, — vous serez obéie et nous mourrons ensemble !!

Déjà son bras armé s'abaissait, cherchant la place

qu'il fallait atteindre pour amener la mort sans souffrance...

Déjà son doigt touchait la détente...

Le quart d'une seconde encore, et l'adorable enfant ne serait plus qu'un cadavre...

Pour sauver madame Metzer, il fallait un miracle...

Le miracle se fit... — La protection du Dieu de justice s'étendit, visible, sur les infortunés qui n'avaient plus d'espoir...

Au sommet de la colline boisée, retentirent soudain les notes éclatantes des clairons sonnant une charge enragée, et tout un escadron de chasseurs, le pistolet au poing, lança ses chevaux d'Afrique, légers comme les sauterelles du désert, agiles comme les chèvres des montagnes, dans les sentiers étroits courant entre les chênes-liéges, les broussailles et les rochers.

En tête galopait le baron de Tournade, le sabre d'une main, le revolver de l'autre, guidant avec les genoux sa fougueuse monture.

— Courage ! — criait-il. — Courage ! nous voici !!

Les Arabes se trouvaient cernés.

Un petit nombre entreprit de se défendre. — Les trois quarts essayèrent de s'enfuir.

— Pas de quartier !—reprit M. de Tournade d'une voix de tonnerre. — Feu sur cette canaille !... Et sabrez ! sabrez !!

Ils ne demandaient pas autre chose, les braves chasseurs.

En moins de cinq minutes presque tous les bandits gisaient sans vie sur le terrain de l'embuscade.

Trois ou quatre seulement avaient trouvé moyen de disparaître comme des ombres.

Il sembla à Georges que deux de ceux-ci, plus lestes et plus adroits que les autres, s'étaient glissés dans une sorte de crevasse pratiquée sous un quartier de roche dont une touffe de broussailles épineuses entourait la base.

Il résolut de s'en assurer, mais d'abord il s'approcha de M. de Tournade et dit, en lui tendant la main :

— Merci, baron !!

— Qui donc êtes-vous, monsieur ? — demanda le capitaine des chasseurs, dérouté par le costume de toile blanche et ne pouvant voir le visage sous les bords de l'immense chapeau. — Je crois connaître votre voix... — ajouta-t-il.

— Pardieu, oui, vous la connaissez !! — répliqua le jeune homme en se découvrant.

— Georges Pradel !! — s'écria le baron.

— Lui-même... à qui vous venez de sauver la vie !!

M. de Tournade serra avec effusion les mains du lieutenant et reprit, moitié riant, moitié ému :

— Sapristi, mon cher, ou je me trompe fort ou

vous devez comprendre à merveille en ce moment
combien j'avais raison de trouver inutile un duel entre nous !! — Si vous m'aviez occis il y a trois semaines, vous auriez lieu, ce me semble, de vous en
repentir notablement aujourd'hui !! — Hein ? qu'en
dites-vous ?

— Baron, c'est entre nous à la vie, à la mort !!

— Ah ! parbleu !! j'y compte bien...

— Maintenant, s'il vous plaît, baron, donnez-moi
deux de vos chasseurs...

— Je vous en donnerai toute une compagnie, et
même au besoin tout un escadron ; mais qu'en voulez-vous faire ?

— Je veux explorer un terrier qui, sauf illusion de
ma part, sert d'asile à deux survivants de la bande
de gredins anéantie par vous...

— A merveille ! — je vous accompagne... —
Voyons un peu cela et convenez, chemin faisant,
que le hasard s'est fort bien conduit en m'amenant
juste à cet endroit au retour de l'expédition que vous
savez...

Nous n'étonnerons personne en affirmant que le
jeune homme convint de cela volontiers.

M. de Tournade et quelques chasseurs se dirigèrent
avec le lieutenant vers l'endroit désigné par ce dernier.

On abattit les broussailles à coups de sabre et

l'on eut aussitôt la preuve que Georges ne s'était pas trompé.

Sous le bloc de granit existait une excavation étroite et basse, au fond de laquelle se blotissaient deux fugitifs.

On les contraignit à sortir de leur cachette en les piquant avec la pointe des sabres, et Georges constata qu'ils étaient de ceux dont le visage se cachait sous une sorte de cagoule percée de deux trous.

— Bonne prise, lieutenant ! — s'écria M. de Tournade. — Vous avez le coup d'œil de l'aigle !! — Sans vous, les gredins nous échappaient !!

Les prisonniers, en entendant ces mots, tressaillirent.

Le baron reprit :

— Je vais, séance tenante, faire passer par les armes ces misérables ; mais voyons un peu d'abord leurs faces de bandits... — Allons, drôles, si vous comprenez le français, levez ces capuchons !!

Les captifs ne bougèrent pas.

M. de Tournade fit un signe et deux chasseurs arrachèrent non-seulement les capuchons, mais les burnous des prétendus Arabes.

On vit alors des costumes européens et deux pâles visages, l'un blond et imberbe, l'autre orné de longues moustaches noires.

Georges frissonna de tout son corps et recula d'un pas.

— Passecoul !! — s'écria-t-il avec une stupeur mêlée d'épouvante. — Passecoul et Raquin, des Français ! des soldats !! — Ainsi donc, c'est bien vrai !... De si monstrueuses infamies sont possibles !! — Quand on me l'avait dit, je ne l'avais pas cru !!...

Raquin, complétement anéanti, ne souffla mot, mais Passecoul haussa les épaules, fit le geste de friser sa moustache absente, et répondit avec la cynique impudence d'un rôdeur de barrières :

— De quoi ? — Est-ce qu'on va nous accuser, par hasard ? — Ah ! mon lieutenant, c'est ça une chose qui ne serait pas à faire !!

Georges et M. de Tournade se regardèrent, stupéfaits de tant d'audace.

Le brosseur reprit :

— En l'absence de mon lieutenant, nous courions une bordée hors de la ville, Raquin et moi, dans l'unique intention de chaparder un peu, n'importe où, quelques lapins ou quelques poulets... — Ça n'est pas très-moral, je sais ça aussi bien que vous, mais on ne fusille pas deux braves gens pour un chapardage de lapins... — Nous sommes tombés aux mains des Arabes qui nous ont mis malgré nous ces vieilles loques sur le corps et qui nous ont forcés à marcher avec eux, en nous commandant de ne pas broncher et de ne point souffler mot, sous peine d'avoir la tête coupée, *illico* et *rasibus*, ce qui est très-désobligeant... — Ces gens là étaient les plus forts... — Il a bien fallu se soumettre... — Nous guettions, Raquin et moi, l'occasion de leur brûler la politesse et de décamper quand est arrivée la bagarre... — La peur nous a pris d'être compromis... — Nous nous sommes cachés... — C'est toute l'histoire !... — Plus innocents que l'enfant à naître, Raquin et moi, parole d'honneur !!... Voilà d'ailleurs mon lieutenant qui répond de moi, et moi je réponds de Raquin... — Vous nous obligerez, mon capitaine, en ordonnant à vos chasseurs de nous serrer d'un peu moins près...

XXII

Passecoul ayant ainsi parlé fit de nouveau le geste de friser sur sa lèvre supérieure la moustache qui brillait par son absence, et attendit le résultat de son éloquence entraînante.

Ce résultat ne fut point de nature à le contenter.

— Chasseurs, — commanda le baron, — servez-vous de vos fourragères en guise de menottes pour lier les poignets de ces deux misérables que vous attacherez ensuite solidement à votre étrivière du côté gauche... — Vous me répondez d'eux! — A la première tentative de révolte ou de fuite, je vous ordonne de leur brûler la cervelle!!

— L'innocence méconnue!! — s'écria le brosseur d'un ton mélodramatique. — Je cède à la force, mais je proteste!!

Il ajouta tout bas :

— Sans le lieutenant, les chasseurs n'y voyaient que du feu!! — Si j'en réchappe il me payera ça, avec de jolis intérêts!!

Puis, après avoir lancé à Georges Pradel un regard chargé de haine, il tendit docilement ses poignets aux menottes improvisées, et Raquin suivit son exemple sans mot dire.

Le jeune officier se rapprocha de la portière du coupé et se pencha vers Léonide.

— Dieu veillait sur nous, madame! — fit-il d'une voix à peine distincte. — Le péril n'existe plus... l'avenir nous reste...

— Hélas! — murmura la pauvre femme. — Quel sera cet avenir?... — La mort eût mieux valu peut-être...

Pendant la scène que nous venons de raconter, le jour avait cédé la place au crépuscule.

La diligence reprit lentement sa marche interrompue.

L'escadron de chassseurs qui l'accompagnait la mettait à l'abri de toute nouvelle embûche : — elle arriva donc sans encombre, mais avec un retard de plus de trois heures et au moment où l'on désespérait, à Alger, du salut des voyageurs.

Madame Metzer échangea un serrement de main furtif avec Georges Pradel, et, toujours enveloppée dans les plis du voile qui ne permettait point de la reconnaître, regagna la maison de la rue Bab-Azoun où personne ne l'attendait et dont il lui fallut faire ouvrir les portes par un serrurier.

Passecoul et Raquin, très-convaincus que les soldats, dociles à la consigne, leur brûleraient bel et bien la cervelle au premier mouvement suspect, s'étaient résignés en apparence à leur mauvais sort et paraissaient plus doux que des agneaux.

Ils furent écroués à la prison militaire en arrivant.

Le baron de Tournade, cheminant côte à côte avec Georges Pradel, avait eu le bon goût et la discrétion de ne lui point parler de madame Metzer et de ne lui adresser aucune question au sujet de leur rencontre qu'il semblait trouver toute simple, et qui n'était pourtant rien moins que naturelle.

Georges rentra chez lui, se coucha brisé de fatigue et, malgré les préoccupations de toutes sortes assiégeant son esprit, s'endormit d'un lourd sommeil.

Il fut réveillé, dès le point du jour, par une ordonnance en grande tenue.

Le colonel lui faisait donner l'ordre de venir lui parler sur-le-champ.

Le lieutenant très-inquiet s'habilla en toute hâte et se rendit chez son supérieur.

La veille du jour où Daniel Metzer devait emmener
sa femme à Boudjareck dans la voiture de Richard
Elliot, Georges, après l'entretien avec Léonide auquel nous avons assisté, avait écrit à son colonel pour
solliciter une permission de huit jours, et le lendemain, affolé par l'amour et par l'inquiétude, il était
parti avant que la réponse lui fût parvenue, et sans
savoir si cette réponse serait favorable.

Ceci constituait une faute grave contre la discipline, et celui qui venait de commettre cette faute
se trouvait justiciable d'un conseil de guerre.

Georges étant un officier modèle, habituellement
irréprochable, et très-aimé de ses chefs, le colonel ne
voulut point compromettre l'avenir tout entier du
jeune homme par une inflexible rigueur.

Il reçut néanmoins le lieutenant d'une façon
sévère, lui fit toucher du doigt la déplorable situation
dans laquelle son imprudence venait de le placer,
puis, s'humanisant peu à peu, il adressa au jeune
homme une semonce toute paternelle et il lui infligea
quinze jours d'arrêts forcés.

— Vous le voyez, — dit-il, — j'use avec vous d'une
indulgence si grande que ma conscience de vieux
militaire me la reproche! — Je devine à merveille
qu'il y a sous votre folle équipée quelque histoire de
femme dont je ne veux rien connaître, mais songez
que les conséquences d'une nouvelle escapade se-

raient irréparables!! — Je veux placer entre vous et la récidive possible une barrière infranchissable, celle de l'honneur... — Donnez-moi donc votre parole d'honnête homme et de soldat de garder scrupuleusement vos arrêts, et, pendant leur durée, de ne pas mettre une seule fois les pieds hors de votre logis, ni le jour ni la nuit, sous quelque prétexte que ce soit...

— Mon colonel, je vous donne la parole d'honneur que vous me demandez.

— C'est bien! — Vos arrêts commencent aujourd'hui même... — Prenez des mesures pour que vos repas vous soient apportés chez vous... — Votre brosseur vous servira...

— Mon colenel, je n'ai plus de brosseur...

— Comment cela?

— Le mien était un des deux misérables qui sont tombés hier dans les mains des chasseurs du baron de Tournade, au moment où, mêlés aux maraudeurs arabes, ils attaquaient la diligence de Blidah...

— Le nommé Passecoul, n'est-ce pas?

— Oui, mon colonel.

— Bonne et prompte justice sera faite... — Je vais vous envoyer un soldat pour remplacer provisoirement auprès de vous l'infâme grédin...

— Mon colonel, me sera-t-il permis de recevoir la visite de mes camarades?

— Non pas, cela vous est au contraire formellement interdit!! — La sentinelle placée à votre porte aura la consigne de ne laisser entrer personne... — Allez, lieutenant, et souvenez-vous que j'ai votre parole et qu'un homme d'honneur est mieux enfermé par sa parole que par les verrous d'une prison.

Georges salua et se retira, très-nerveux et très-tourmenté.

Certes il ne songeait en aucune façon à se plaindre du colonel.

En réfléchissant, il comprenait bien qu'il en était quitte au meilleur marché possible ; mais il ne s'en trouvait pas moins, pour deux interminables semaines, aussi complétement séparé de Léonide que si les abîmes de l'Océan se creusaient entre eux.

Il ne possédait aucun moyen de demander et de recevoir des nouvelles de la jeune femme. — Écrire était impraticable puisqu'il n'avait personne en qui sa confiance fût assez grande pour le charger de porter une lettre et de rapporter une réponse.

Que penserait madame Metzer de son absence et de son silence, et qui donnerait à la pauvre enfant le courage d'entreprendre seule les démarches nécessaires pour obtenir une séparation judiciaire?...

L'officier se disait ces choses avec désespoir, mais il ne pouvait rien changer à la situation et le mal était sans remède!...

11.

Il fallait se résigner et attendre...

Jour par jour, heure par heure, minute par minute, elles s'écoulèrent enfin ces deux semaines qui parurent plus longues que deux années au neveu de M. Domerat.

Le soir du quinzième jour, le colonel fit prévenir le lieutenant que le lendemain, à neuf heures précises, il serait libre.

Georges, dévorant des yeux le cadran de la pendule, attendit que le marteau eût frappé sur le timbre le premier des neuf coups.

Alors, dégagé de sa parole, il s'élança dehors et courut à la rue Bab-Azoun.

Il avait résolu de sonner hardiment à la porte.

Si la mulâtresse, de retour à Alger, lui venait ouvrir, il l'amènerait sans peine à se dévouer à ses intérêts.

Si, au contraire, il se trouvait en face de Daniel Metzer, eh bien, à la grâce de Dieu!! — L'explication qui semblait inévitable après les événements de Boudjareck aurait lieu sans retard, et Georges se donnerait l'immense joie d'écraser le mari sous le poids de son mépris.

Si enfin Léonide, toujours seule, était là pour le recevoir...

Mais il n'osait même pas espérer une si heureuse chance, un si invraisemblable bonheur...

Chemin faisant, il eut une surprise qui lui parut de fâcheux augure.

Au tournant d'une rue il heurta presque l'homme qu'il croyait avoir étranglé un peu plus qu'aux trois quarts...

Richard Elliot, — car c'était bien lui, — conservait de notables traces de sa nocturne mésaventure.

Une meurtrissure bleuâtre et violette du plus désagréable effet lui sillonnait la figure comme un tatouage de Pawnie ou d'O-jib-bé-was.

En outre, il portait la tête de travers comme à la suite d'un violent torticolis.

Le millionnaire reconnut l'officier, fit un brusque haut-le-corps, pâlit de colère et de terreur, plia les épaules comme s'il s'attendait à recevoir quelque correction nouvelle, et, lançant à Georges un regard à la fois humble et vipérin, changea de direction et détala de son petit pas le plus rapide.

Le lieutenant se garda bien de le suivre.

— Cet homme est vivant et il est guéri!... — pensa-t-il. — Certainement il a parlé, et Daniel Metzer sait à quoi s'en tenir sur la disparition de sa femme... Il doit la croire coupable, et sans doute il la martyrise!! — Mais je suis libre enfin!! Me voici... et le lâche gredin tremblera devant moi!!

Il continua rapidement sa route et ne tarda guère à arriver rue Bab-Azoun.

Quand il aperçut de loin la maison mauresque, son cœur se mit à battre avec une violence inouïe.

La déception qui l'attendait fut terrible.

Au-dessus de la porte se voyait un écriteau fixé par quatre clous.

Sur cet écriteau se lisaient ces mots :

« MAISON MEUBLÉE A L'EUROPÉENNE »

« A LOUER DE SUITE »

« *S'adresser au gardien chargé de la location.* »

Georges, dans le premier moment, refusa de croire au témoignage de ses yeux ; puis, saisissant la chaîne de la sonnette, il l'agita convulsivement.

XXIII

A l'appel bruyant de la sonnette ainsi mise en branle par le lieutenant accourut un vieil homme d'allures très-humbles et de physionomie très-basse.

Nous ne le voyons point pour la première fois.

C'était le juif Isaac Worms par qui le mari de Léonide avait été mis en relations avec Richard Elliot.

Isaac salua l'officier en l'accablant des démonstrations d'un respect sans bornes.

— C'est vous qui êtes le gardien ? — s'écria Georges.

— Oui, monsieur Pradel... — répondit l'israélite. — Je suis chargé d'entretenir en bon état les fleurs de la cour, de veiller sur le mobilier, et de faire voir le logis aux personnes qui ont l'intention de louer...

— C'est une mission de confiance et je m'en acquitte en conscience... — Voulez-vous visiter les appartements, monsieur Pradel?... — Peut-être le désirez-vous, quoique vous connaissiez certainement la maison aussi bien que moi...

Le lieutenant reprit avec violence :

— Ainsi, Daniel Metzer est parti ?...

— Oui, monsieur Pradel...

— Depuis quand ?

— Depuis huit jours...

— Emmenant sa femme ?

— Bien entendu !...

— Où est-il allé ?...

— M. Metzer ne me l'a pas dit, et vous pensez bien que je ne l'ai point espionné... Je suis trop honnête homme pour cela... J'en atteste le Dieu de mes pères...

Georges mit une pièce de cent sous dans la main crochue du juif et poursuivit :

— Il est impossible que vous ignoriez ce que je vous demande... — Répondez donc à ma question... — M. Metzer est-il retourné à Boudjareck?

— Pour cela, non.

— Vous savez certainement où il est... — Consentez à me le dire...

— Je sais qu'il s'est embarqué sur le bateau à vapeur et que le bateau à vapeur allait en France...

e n'en sais pas plus... — Mais il existe une per-
onne qui peut-être pourra vous en apprendre da-
antage...

— Quelle est cette personne?

— La servante Dolorès...

— Elle n'a donc pas suivi sa maîtresse?

— M. Metzer, deux heures avant son départ, a
nis la pauvre fille à la porte.

— Où trouverais-je Dolorès?...

— Je ne m'en souviens pas au juste, mais peut-être
qu'un deuxième écu de cinq francs me rafraîchirait
a mémoire...

Georges fouilla de nouveau dans sa poche, et le juif
ui donna l'adresse du garni misérable où la mulâ-
resse s'était réfugiée en attendant qu'elle trouvât
ine nouvelle place.

Le lieutenant courut à ce garni, espérant que Léo-
ide aurait confié à sa servante une lettre pour lui,
ou du moins un souvenir...

Non, Léonide n'avait rien laissé...

La mulâtresse, nous ne l'ignorons pas, profes-
ait une sympathie très-vive à l'endroit du joli mili-
aire.

Donc elle ne demandait pas mieux que de lui dire
out ce qu'elle savait; mais, par malheur, les renseignements qu'elle pouvait donner se bornaient à fort
peu de chose...

Georges apprit cependant par elle que Richard Elliot, grâce aux soins d'un médecin de Blidah, s'était
trouvé sur pied deux ou trois jours après son accident et que Daniel Metzer, à la suite d'un court entretien avec le banquier, avait manifesté la plus violente colère.

Aussitôt les deux hommes de retour à Alger, et ils
y revinrent ensemble, Daniel, fort surpris de trouver
sa femme au logis, avait entamé une effroyable scène,
passant des reproches aux injures et des injures aux
voies de fait.

Léonide, maltraitée, surveillée, enfermée, hors d'é-
tat d'établir une communication quelconque avec le
monde extérieur, et privée même des services de
Dolorès, n'était sortie de la chambre, ou plutôt de la
prison où nuit et jour elle sanglotait, que pour être
conduite au port et embarquée sur un steamer en
partance pour Marseille.

La servante renvoyée par Daniel deux heures auparavant, mais voulant adresser de la main ou du
regard un dernier adieu à sa chère et malheureuse
maîtresse, s'était cachée près de la maison et n'avait
pu retenir ses larmes en voyant madame Metzer pâle,
maigrie, presque méconnaissable...

Georges se montra libéral avec la brave fille qui
pleurait en lui racontant ce lugubre départ, puis, le
cœur brisé, l'âme en proie à la plus sombre tristesse,

fatigué de la vie et désespérant de l'avenir, il rentra chez lui...

Son profond découragement dura plusieurs mois sans diminuer d'intensité, et certaine lettre adressée par M. Domerat à son neveu et reproduite dans la première partie de ce récit nous a donné la preuve que Georges n'essayait même pas de dissimuler son état moral, ou tout au moins qu'il l'essayait en vain.

Retournons un peu en arrière et occupons-nous de Passecoul et de Raquin.

L'autorité militaire avait achevé d'instruire l'affaire des deux misérables, affaire très-simple d'ailleurs, puisque le zouave et le chasseur s'étaient laissés prendre en flagrant délit d'association avec une bande de malfaiteurs opérant à main armée le pillage des habitations particulières et l'arrestation des voitures publiques.

Passecoul et Raquin comparurent devant un conseil de guerre dont Georges Pradel faisait partie.

Le brosseur se montra résolu jusqu'à l'impudence, entassant pour se justifier d'invraisemblables mensonges et les soutenant avec un aplomb cynique.

Rien ne venait à bout de le déconcerter. — On eût dit que sa vie n'était point en jeu, tant il gardait d'audace et de sang-froid.

Raquin, lui, fut vil et rampant. — Il se prétendit

victime d'apparences trompeuses. — Il prit Dieu à témoin de son innocence. — Il pleura, se tordit les mains, s'efforça d'émouvoir ses juges. — Jàmais coquin n'étala plus de couardise et plus de bassesse.

Un capitaine, nommé avocat d'office, entreprit de défendre les accusés et s'efforça d'obtenir pour eux des circonstances atténuantes.

En présence des faits que nous connaissons, le succès de cette plaidoirie était impossible.

A la suite du réquisitoire du chef d'escadron faisant fonctions de procureur de la république, les membres du conseil, après avoir délibéré, déclarèrent à l'unanimité Passecoul et Raquin coupables, et n'admirent point les circonstances atténuantes réclamées par le défenseur.

En conséquence, le zouave et le chasseur furent condamnés à la peine de mort.

Les bravos difficilement réprimés de l'auditoire accueillirent cette sentence.

— C'est une abomination !! — s'écria Passecoul en montrant le poing à Georges Pradel. — Mais nous en appelons !!

Nos lecteurs savent déjà que le jugement ne devait point être exécuté.

L'ex-brosseur du lieutenant avait de nombreuses intelligences dans la lie de la populace algérienne.

Des complices demeurés libres trouvèrent moyen

de lui faire parvenir une lime, une corde et un couteau.

Avec la lime il coupa les barreaux du cachot où il était enfermé en compagnie de Raquin.

Avec la corde, les deux misérables descendirent par la fenêtre dans la cour de la prison militaire.

Avec le couteau, Passecoul assassina la sentinelle qui gardait la porte de sortie.

Une fois dehors, le zouave et le chasseur réussirent à se procurer des vêtements civils. — Ils se cachèrent pendant quelque temps ; puis, par une belle nuit, ils s'emparèrent d'un canot, se lancèrent à l'aventure sur la Méditerranée et furent bien près de périr de faim et de soif.

Un navire de commerce les recueillit et les débarqua à Marseille.

Ils gagnèrent Paris, devenu fatalement leur objectif comme celui de tous les gredins, par la raison bien simple que l'immense ville est l'endroit du monde où l'on disparaît le mieux dans la foule, et là ils vécurent de vols et de divers métiers inavouables jusqu'au moment où, dans la salle d'attente du chemin de fer de Lyon, nous avons fait connaissance tout à la fois avec eux et avec le neveu de M. Domerat.

Daniel Metzer, lui aussi, renonçant momentanément à ses spéculations africaines et voulant éloigner sa femme du lieutenant, était venu tout droit à la grande cité.

Il n'avait rien trouvé de mieux, pour isoler Léonide et pour la soustraire à de trop nombreuses et trop vives admirations, que de louer le petit hôtel du boulevard Beauséjour.

Madame Metzer y passait son temps dans une retraite à peu près absolue, dont elle était d'ailleurs bien loin de se plaindre, et n'ayant guère de relations qu'avec la vieille dame de Passy qui avait connu M. Gallard autrefois.

Daniel, — tranquille de ce côté, — tripotait des opérations de Bourse, se livrait à des trafics de toute nature — (généralement de vilaine nature), — et gagnait beaucoup d'argent, ce qui lui plaisait fort mais ne l'empêchait point, quand il était d'humeur maussade, de faire à sa femme de hideuses et injustes scènes, de l'accabler de récriminations abjectes et de lui jeter au visage, comme une suprême injure, le nom de Georges Pradel.

Patiente, résignée, s'attendant à tout et décidée à tout subir, Léonide baissait la tête et ne répondait pas.

Un jour, Passecoul rencontra par hasard Daniel Metzer sur la place de la Bourse.

Il se garda de l'aborder, mais il le suivit et le lendemain il se présentait avec l'attitude la plus humble au logis du boulevard Beauséjour.

Daniel connaissait bien Passecoul et plus d'une fois il l'avait vu venir courtiser Dolorès à la maison de la rue Bab-Azoun, mais il ignorait absolument qu'une condamnation capitale eût frappé le jeune bandit, qui comptait sur cette ignorance.

Il fit adroitement sentir au juif qu'il savait beaucoup de choses relatives à lui, Metzer, à Richard Elliot, et à une troisième personne qu'il ne nommait pas ; puis, après avoir donné à entendre que sa discrétion serait absolue, il parla de sa gêne, expliqua combien un honnête garçon avait de peine à trouver quelque emploi honorable, et finit par solliciter un secours que Daniel ne songea point à refuser.

A partir de ce premier succès, Passecoul organisa à l'endroit de Metzer un petit chantage anodin pour lequel il se fit suppléer de temps à autre par Raquin, et qui ne manqua jamais son effet.

Ceci nous explique comment l'ex-zouave et le ci-devant chasseur se trouvaient en relations presque suivies avec le mari de Léonide.

Nous sommes désormais, croyons-nous, bien en règle avec le passé de nos personnages, et il ne nous reste qu'à marcher d'un pas rapide vers le dénoûment de ce véridique récit.

XXIV

Revenons à Paris, rejoignons Georges Pradel, et remettons en quelques mots sous les yeux de nos lecteurs la situation horrible dans laquelle nous avons laissé le jeune homme.

Après s'être échappé du petit hôtel métamorphosé pour lui en prison par le mari de Léonide, le lieutenant allait partir pour la Normandie en compagnie de son oncle et de sa sœur.

Il était un peu plus de dix heures du soir.

M. Domerat, ayant pris les tickets au guichet, rejoignait la jeune fille qui se promenait au bras de son frère dans la salle d'attente de la gare.

A ce moment précis le Ventriloque, arrivant de Rocheville et piloté par Jobin, se trouva en face du lieutenant.

Ce dernier poussa une exclamation de joie en reconnaissant son ancien compagnon d'Afrique, et s'écria :

— Anthime Coquelet!! mon brave Sidi-Coco!! Quelle chance heureuse et quel étonnant hasard de vous rencontrer ici !

Et, se tournant vers M. Domerat, il ajouta :

— Mon oncle, je vous présente le courageux soldat qui là-bas, en Algérie, s'est jeté comme un héros entre moi et les balles ennemies ; — il faut l'aimer pour l'amour de moi, cher oncle! — sans lui vous n'auriez plus de neveu!...

Tout en disant ce qui précède Georges voulut prendre et serrer la main de Sidi-Coco.

L'ex-zouave recula vivement et une expression d'horreur se peignit sur son visage, tandis que d'une voix sourde et menaçante il répliquait :

— C'est vrai! Je vous ai sauvé la vie! — Ah! Dieu du ciel, si j'avais su! ce n'est point sous les balles arabes que vous seriez tombé... J'aurais frappé moi-même!... Mais je ne savais pas... et je vous ai sauvé...

Jobin toucha le coude du Ventriloque et lui demanda tout bas :

— Est-ce LUI?

Sidi-Coco répondit par un geste affirmatif.

Alors le policier s'approcha du jeune homme dont

la stupeur est plus facile à comprendre qu'à décrire,
et lui dit en le saluant avec une politesse de gentleman :

— Vous vous nommez Georges Pradel, monsieur,
si je ne me trompe, et vous êtes officier aux zouaves...

— Je me nomme, en effet, Georges ¡Pradel, et je
suis officier... — Pourquoi cette question?

— Parce qu'il me faut remplir un pénible devoir...
— J'appartiens à la brigade de sûreté, et je vous arrête au nom de la loi... — Voilà le mandat.

Le lieutenant passa la main sur son front avec
un égarement manifeste et murmura presqu'à voix
haute :

— Ou je rêve, ou je deviens fou.

Léontine, pâle comme une morte, poussa un gé-
missement sourd et tomba presque évanouie dans
les bras de son oncle à qui cette scène étrange faisait
l'effet d'un cauchemar.

— Monsieur, — reprit Jobin, — évitons le scandale,
je vous le conseille, et votre propre intérêt vous le
commande... — Des agents en bourgeois occupent
les issues de cette salle... — Il me suffirait d'un geste
pour avoir main-forte... Mais alors ce serait un esclandre... — Voyez, on nous regarde déjà... — Sui-
vez-moi sans résistance...

— Eh! monsieur je suis prêt à vous suivre... —
répliqua Georges ; — mais cette jeune fille est ma

sœur... ce vieillard est mon oncle,.. — Puis-je les abandonner ainsi ?...

Et il montrait Léontine inanimée, soutenue par M. Domerat dont le regard vacillait et qui paraissait foudroyé.

— Mieux vaut peut-être que mademoiselle votre sœur soit sans connaissance en ce moment... — fit le policier. — Cette défaillance atténue pour elle les angoisses d'une séparation qui, je l'espère et je le souhaite, sera courte.

— Eh bien ! monsieur, je vous suis... — M'autorisez-vous à dire adieu à mon oncle ?...

— Oui, mais très-brièvement... — A quoi bon prolonger une scène douloureuse ?

Georges s'approcha de l'armateur.

— Vous le voyez, — commença-t-il, — on m'arrête... on m'emmène...

M. Domerat, ranimé tout à coup, l'interrompit en demandant à Jobin d'une voix basse mais très-ferme :

— De quoi l'accuse-t-on ?

— D'un double assassinat. — répondit l'agent de la sûreté.

Le lieutenant haussa les épaules et regarda le policier comme il aurait regardé un fou.

Quelque chose qui ressemblait à un sourire, mais

III 12

à un sourire d'une expression navrante, vint aux
lèvres de l'armateur.

— Un double assassinat, — répéta-t-il. — C'est
bien et je suis rassuré!... — Je craignais quelque
faute contre la discipline militaire... Un départ sans
congé... Que sais-je? — Je tremblais... — Il s'agit
d'un crime, je n'ai plus peur! — Une telle accusation
est ridicule et point effrayante! — Un assassin! lui,
mon neveu!... lui, Georges Pradel! — Allons donc!...
— Vous vous trompez de nom, monsieur!... — Vous
n'avez rien à faire avec nous! Passez votre chemin...

— L'accusation peut être mal fondée, — répliqua
Jobin, — et pour plus d'une raison j'ai le vif désir
qu'elle le soit. — Mais malheureusement il n'existe
ici aucune erreur en ce qui concerne la personne...
— Le mandat dont je dois assurer l'exécution désigne
bien le lieutenant aux zouaves Georges Pradel, neveu
de M. Philippe Domerat, le grand armateur du Havre,
auquel j'ai l'honneur de parler... — J'ajouterai qu'aucune discussion n'est possible... — Innocent ou coupable, on doit obéissance à la loi que je représente...
— Il faut me suivre, lieutenant Pradel.

— Il a raison... — murmura Georges.

— Va donc, cher enfant!! — reprit le vieillard, —
va et n'oublie pas que si toute la terre se levait contre
toi... si l'évidence même semblait t'accuser, je sau-

rais, moi, qu'on te calomnie et que l'évidence est menteuse!! — Sois courageux! sois fort!

— Je tâcherai... — Adieu...

— Non... à bientôt!! — Embrasse-moi...

L'armateur serra le lieutenant contre sa poitrine où reposait déjà la tête pâle de la jeune fille, puis il demanda au policier :

— Quand me sera-t-il possible de voir mon neveu?

— Cela dépend du juge d'instruction...

— Comment s'appelle ce juge?

— Il se nomme Paul Abadie.

— Où le trouverai-je?

— En son cabinet, au palais de justice, à Rouen...

— A Rouen! — répétèrent à la fois M. Domerat et Georges. — Pourquoi à Rouen?

— Parce que le crime ayant été commis dans le ressort de la cour de cette ville, le lieutenant Pradel y sera certainement transféré demain...

— Eh! bien, — répliqua l'armateur, — demain je serai à Rouen...

— Un mot encore — reprit Jobin. — Permettez-moi de vous demander, mensieur, où vous passerez la nuit?...

— Au Grand-Hôtel.

— D'ici à deux heures, j'aurai l'honneur de m'y présenter...

L'oncle et le neveu s'embrassèrent une fois encore, puis; tandis que M. Domerat ramenait au Grand-Hôtel sa nièce qui revenait lentement à elle-même, Jobin montait dans un fiacre avec l'officier ; Sidi-Coco grimpait sur le siége, et la voiture roulait vers la Conciergerie.

Georges avait repris son sang-froid. — Il ne pouvait s'effrayer beaucoup d'une situation dont il ne soupçonnait point la gravité. — Il croyait à quelque erreur matérielle, résultant d'une ressemblance de nom et devant s'éclaircir lors de son premier interrogatoire, et, voulant des détails afin de se tracer une règle de conduite, il questionna l'agent de la sûreté.

— Monsieur, — lui répondit ce dernier, — quoique vous ne me connaissiez pas, je me suis beaucoup occupé de vous dans ces derniers temps... — Je vous porte un intérêt sérieux et vous ne tarderez guère à en avoir la preuve ; mais mon devoir me défend de satisfaire à votre désir et de vous apprendre ce que vous semblez ignorer... — Ne m'interrogez donc pas, je vous en prie... — J'ai ma consigne comme un soldat a la sienne, et je ne la violerai sous aucun prétexte... — Sachez seulement que vous pouvez compter sur moi...

— Compter sur vous? — répéta le jeune homme.

— Absolument.

— Que voulez-vous dire?

— Je veux dire que lorsque vous aurez comparu devant le juge et qu'il deviendra nécessaire d'étayer vos allégations de preuves solides, de démontrer par exemple un indiscutable alibi, je me mettrai corps et âme à votre service et me ferai une joie vive de vous aider à battre en brèche l'accusation.

— Vous me parlez de preuves solides... d'indiscutable alibi... Je ne vous comprends pas...

— C'est possible... c'est même probable... mais vous me comprendrez bientôt... — Voici que nous arrivons... — Votre oncle — (un honnête homme, s'il en fut et pour qui je professe une grande estime) — vous a recommandé tout à l'heure d'être courageux et fort!... A mon tour je vous dis : — Ne vous laissez point abattre!! Ayez confiance...

La voiture s'arrêta.

Jobin fit écrouer son prisonnier et se rendit au télégraphe afin d'expédier une dépêche au parquet de Rouen et d'aviser M. Abadie de l'arrestation du lieutenant.

— Il est bien vraisemblable que vous n'avez pas dîné... — dit-il ensuite à Sidi-Coco.

— En effet... — répliqua le Ventriloque.

— Et vous avez grand appétit sans doute?

— Pour cela, non!... — La vue de l'homme à qui j'avais voué un attachement sans bornes, de l'homme

12.

à qui j'ai sauvé la vie au péril de la mienne, et qui m'a payé mon dévouement en assassinant celle que j'aimais le plus au monde, la vue de cet homme m'a remué d'une façon si violente, m'a causé une si cruelle émotion, que je sens ma gorge serrée et mon cœur à l'étroit... — Il me semble que je n'ai pas faim et que je n'aurai plus jamais faim.

— Bah! vous savez le proverbe : *L'appétit vient en mangeant !* — Moi aussi j'ai ressenti des émotions vives, mais je ne leur ai jamais permis de réagir sur mon estomac. — La première bouchée passe difficilement, je le sais bien, mais elle passe, et les autres suivent! — Il faut se soutenir! — Une bonne bouteille de vieux bourgogne vous remontera le moral...

— Je connais tout près d'ici un petit restaurant où l'on cuisine fort proprement.—Allons-y...—je vous tiendrai compagnie en mangeant un morceau... — D'ailleurs nous avons à causer...

L'ex-zouave suivit docilement le policier, et ils s'attablèrent dans une salle vide en face de deux portions de tripes à la mode de Caen et de deux bouteilles de vieux Thorins...

XXV

La prédiction du policier se réalisa.

La nature ne perd jamais ses droits. — L'estomac vide de Sidi-Coco revendiqua les siens, et malgré sa profonde douleur, malgré sa poignante émotion, le Ventriloque mangea et but vigoureusement.

— Eh bien ! — lui dit Jobin avec un sourire au bout de dix minutes, — il me semble que ça va mieux...

— Oui, — murmura l'ex-zouave, — et j'en ai honte...

— Pourquoi donc ?

— Les instincts du corps devraient-ils parler si haut quand le cœur saigne et quand l'âme souffre ?

— Je n'y vois aucun mal, — s'écria l'agent, — et j'ai raison sans le moindre doute, puisque le bon

Dieu, qui sait ce qu'il fait, l'a voulu ainsi... — D'ailleurs vous avez, ce me semble, un grand motif de
soulagement...

— Lequel ?

— L'arrestation de Georges Pradel, opérée grâce à
vous... — C'est le commencement de la vengeance.

— Oui, c'est vrai ; mais, hélas! la punition de
l'assassin ne rendra la vie ni à Mariette, ni à son
père...

— Vous avez dit : « l'assassin... » — Vous croyez
donc toujours que le lieutenant est l'auteur du double crime de Rocheville ?

Sidi-Coco regarda Jobin avec stupeur.

— Une fois déjà, — fit-il, — là-bas... la veille de
l'enterrement des victimes, vous m'aviez demandé
cela... — vous en souvenez-vous ?

— Très-bien.

— Et pourtant vous veniez de mettre sous mes
yeux toutes les pièces !... Vous m'aviez lu les dépositions des témoins... Vous m'aviez montré le porte-
cigares oublié dans la chambre du château... et je
m'étais écrié : — « Comment punir ce tigre à face humaine ; ce monstre en qui je croyais comme en
Dieu ? La mort sur l'échafaud sera pour un tel homme
un supplice trop doux !! » Alors, me mettant la main
sur l'épaule, vous m'avez dit : — « Ainsi vous êtes
convaincu, et le crime de Georges Pradel vous paraît

certain et prouvé ? » — J'ai répliqué : — « Cent fois oui ! » — « Vous n'avez pas un doute ? » — avez-vous continué. — « Est-ce que le doute est possible ? » ai-je demandé à mon tour...

— Et, — murmura Jobin, — j'ai gardé le silence.

— C'est vrai...

— Aujourd'hui je vous pose la même question...

— Et j'y réponds de même, et je vous répète comme alors : Est-ce que le doute est possible ?...

— Oui, — fit le policier d'une voix ferme.

— Y a-t-il donc quelque chose de changé dans la situation ?

— Non...

— Les plus formidables apparences accusaient le lieutenant.

— Elles l'accusent encore, mais que prouvent les apparences ? — Rien ! — Votre expérience person-nelle aurait dû vous l'apprendre. — Tout ce faisceau de charges qui semblaient écrasantes n'a-t-il pas un instant pesé sur vous ? — Le juge d'instruction vous a cru coupable et vous a fait arrêter... — Moi-même j'ai douté ! — Et cependant vous n'étiez pas cou-pable...

— Mais alors, Georges Pradel ?

— Est innocent autant qu'on le puisse être.

— Vous en avez la preuve ?

— Malheureusement non, mais j'en ai la conviction... je dirai plus, j'en ai la certitude... et je veux perdre mon nom de Jobin si je ne viens à bout de la faire partager à la justice...

— Par qui donc alors l'assassinat de Jacques Landry et de Mariette a-t-il été commis ?

— Par un inconnu — (que nous connaîtrons) — et qui, doué d'une effrayante audace et d'une prodigieuse adresse, s'est fait un déguisement de l'individualité de Georges Pradel...

Le Ventriloque tressaillit.

— Trouvez-vous comme moi, — reprit l'agent, — que ceci expliquerait tout ?

— Vous avez raison, — s'écria Sidi-Cocó, — cela saute aux yeux ! — Comment n'ai-je pas eu cette pensée ?

— Comment l'auriez-vous eue ? — répliqua Jobin en souriant avec indulgence et en tracassant son pince-nez. — Votre métier ne vous oblige aucunement à ces efforts d'imagination... — Vous n'appartenez à la police qu'en passant et en amateur... — Le juge d'instruction, dont pourtant c'est l'état de deviner les énigmes, ne s'en est point avisé plus que vous...

— Mais, — reprit le Ventriloque, — pourquoi, certain comme vous l'êtes de l'innocence de mon lieutenant, avez-vous opéré l'arrestation ?

— Parce que c'était mon devoir... — Dans certains

cas je suis un instrument passif... — Le magistrat commande... j'obéis, quel que soit l'ordre... — Est-ce que, quand vous étiez zouave, vous discutiez une consigne ?...

— Jamais !...

— Moi aussi je suis soldat, soldat de la loi et de la justice, et je marche sans discuter...

— Enfin mon lieutenant n'aura, pour être libre, qu'à dire où il était à Paris pendant qu'on égorgeait Mariette et son père à Rocheville...

— Il ne suffira point qu'il le dise, il faudra qu'il le prouve...

— Qui l'en empêcherait ?

— Je l'ignore, mais peut-être la chose sera-t-elle beaucoup moins simple que vous ne le croyez... — Qui sait si des complices n'ont pas tendu un piége ici à Georges Pradel, tandis qu'un adroit misérable s'incarnait là-bas dans sa peau ?...

— Monsieur Jobin — murmura Sidi-Coco, — vous me faites peur !!

— Gardez-vous bien de vous effrayer ! — répliqua le policier. — Je vous ai fait toucher du doigt les difficultés possibles et presque probables de la situation, parce que j'aurai besoin de vous, non-seulement pour démontrer l'innocence de notre officier; mais encore pour découvrir les vrais coupables et pour mettre le grappin sur eux...

— Ah ! — s'écria le Ventriloque avec exaltation, — j'ai maintenant une double tâche : Venger Mariette et obtenir le pardon de mon lieutenant si cruellement outragé par moi ce soir !... — Et cette tâche je l'accomplirai, dussé-je y laisser ma vie !! — Qu'allons nous faire ?

— Mais d'abord, repartir demain pour la patrie de Pierre Corneille, car j'aurai mission, sans aucun doute, de conduire le prévenu à Rouen... — Vous m'accompagnerez, et une fois à Rouen nous aviserons... — J'ai des projets sur vous...

— Lesquels ?

— C'est ce que vous saurez quand il en sera temps.

Le repas étant achevé, il n'y avait pas lieu de prolonger davantage l'entretien.

Jobin paya la modeste addition et sortit du petit restaurant avec Sidi-Coco.

La demie après onze heures sonnait à l'horloge du Palais-de-Justice.

Un fiacre vide passait.

Le policier y prit place en compagnie de l'ex-zouave et donna l'ordre de toucher au Grand-Hôtel.

Il demanda le numéro de l'appartement de l'armateur, monta seul et frappa discrètement à la porte.

Philippe Domerat, qui vint ouvrir lui-même, s'écria :

— Je vous attendais, monsieur, Dieu sait avec

quelle impatience... — Parlez-moi vite de mon neveu, je vous en supplie !

— Je vous apporte des nouvelles rassurantes, —
répliqua Jobin ; — le lieutenant Georges Pradel fait
preuve de beaucoup de sang-froid et de courage, et
conserve le calme de l'innocence...

— L'innocence ! — répéta l'armateur avec feu, —
vous croyez donc à la sienne ?

— Complétement.

— Et, malgré cela, vous l'avez arrêté !

Le policier avait sa réponse toute prête ; la même
que nous lui avons entendu faire au Ventriloque une
demi-heure auparavant.

— Mais cette accusation inouïe, impossible, monstrueuse, qui pèse sur lui ! — reprit M. Domerat. —
Cette accusation d'assassinat, comment prétend-on
la justifier ?... — Je ne sais rien, monsieur !! — J'ai
été foudroyé littéralement... Vous l'avez vu !... —
Apprenez-moi donc ce que j'ignore !... Au nom du
ciel, donnez-moi des détails !!

— C'est pour cela que je suis venu... — dit l'a-
gent ; — je comprenais vos angoisses ! j'ai dù me
taire afin de n'entraver en rien les agissements du
juge d'instruction ; mais avec vous j'ai le droit de
parler...

— Ah ! monsieur, — murmura le vieillard, — quelle
reconnaissance je vais vous devoir...

III   13

Les deux hommes avaient échangé les paroles qui précèdent, debout et dans une pièce servant d'anti-chambre.

M. Domerat ouvrit la porte de ce même salon dont le luxe avait ébloui Georges Pradel au moment de son arrivée à Paris, fit passer Jobin, lui avança un siége, s'assit lui-même et prit l'attitude recueillie d'un homme qui se prépare à écouter des communications d'un immense intérêt.

— Permettez-moi d'abord de vous adresser une question, — fit le policier.

— Certes, je vous le permets, et je m'empresserai d'y répondre...

— Combien y a-t-il de temps que vous n'avez reçu, directement ou indirectement, des nouvelles de votre propriété de Rocheville?

— Je n'en ai pas reçu depuis dix ou douze jours... — J'arrive de Marseille et mon régisseur n'aurait su où me faire parvenir une lettre.

— Et vous n'avez lu aucun journal?

— J'ai parcouru en chemin de fer le *Figaro* et le *Petit Journal*, et je n'y ai rien trouvé qui fût de nature à fixer mon attention.

— Je vais donc être le premier à vous instruire d'un affreux malheur... — Armez-vous de courage, monsieur, car le coup sera rude... — Votre filleule Mariette et son père ont été assassinés, et on a volé les trois cent cinquante mille francs confiés par vous à Jacques Landry.

M. Domerat devint effroyablement pâle...

— Jacques Landry et Mariette assassinés ! — balbutia-t-il, — assassinés tous deux !... C'est horrible !...

Un instant de silence suivit ces quelques mots, puis le vieillard tressaillit, comme frappé d'une idée soudaine ; il passa ses deux mains sur son front et se dressa en s'écriant d'une voix étranglée :

— Et c'est Georges Pradel... mon neveu... mon enfant... qu'on accuse de ce crime !!!

— C'est lui... — répondit Jobin.

XXVI

M. Domerat était livide, nous le savons.

Sans transition il devint pourpre et pendant une ou deux secondes le policier eut la crainte de voir une congestion cérébrale terrasser le vieillard chancelant, dont les yeux s'injectaient et qui chancelait comme un chêne foudroyé.

Ce fut une fausse alerte.

L'armateur appartenait à cette race d'hommes solides qui, pour nous servir d'une expression populaire, sont bâtis à chaux et à sable.

D'une main tremblante il arracha sa cravate pour dégager son cou et il respira longuement, puis, retombant sur le fauteuil qu'il venait de quitter, il dit :

— Ah! vous aviez raison, monsieur, le coup a été

rude, et peu s'en est fallu que la force me manquât pour le subir... — Par bonheur la pensée m'est venue que Georges aurait besoin de moi... J'ai lutté... j'ai vaincu... c'est fini... — Occupons-nous de Georges !! — Il y a deux heures, au moment où vous l'arrêtiez au nom de la loi, sous prévention d'assassinat, je me suis écrié : — « Une telle accusation est absurde et touche à la folie ! » — Ce que je pensais alors, je le pense plus que jamais !! Ce que je disais, je le répète ! — Rien au monde ne saurait ébranler ma confiance en l'honneur de mon neveu ! — Si je le voyais commettre une action mauvaise, je m'inscrirais en faux contre le témoignage de mes yeux ! — Apprenez-moi maintenant, monsieur, quelle est la base ou plutôt quel est le prétexte de l'accusation, — il suffira de quelques mots, j'en suis sûr, pour saper cette base, pour anéantir ce prétexte...

Jobin commença le récit minutieux de tous les faits qui remplissent la première partie de ce livre.

Il n'omit aucun détail. — Il suivit pas à pas l'instruction dans sa marche et fit en quelque sorte assister l'armateur aux interrogatoires des témoins et aux constatations opérées dans la chambre rouge du château de Rocheville.

Pendant près de deux heures, lentement, méthodiquement, clairement, il poursuivit sa narration, et enfin il la termina par ces mots :

— Vous le voyez, monsieur, la justice humaine a largement le droit de se laisser surprendre par de telles apparences, et ne fait que son devoir en s'emparant de l'homme que désignent à ses recherches des charges si nombreuses et si graves... — Est-ce votre avis?

— C'est mon avis... — murmura le vieillard.

— A présent que vous savez tout, votre manière de voir au sujet de l'innocence du lieutenant s'est-elle modifiée?

— En aucune façon.

Jobin fit un geste de surprise et reprit :

— Comment expliquez-vous, en ce càs, la présence de votre neveu à Rocheville pendant la nuit de l'assassinat?

— Georges Pradel n'était pas à Rocheville! — s'écria l'armateur.

— Qui donc alors?

— Un misérable ayant pris son nom, jouant son rôle et préparant tout pour livrer un innocent à la justice abusée...

Le policier se frotta vigoureusement et joyeusement les mains.

Interrogé du regard par le vieillard, il répliqua :

— Je suis content, monsieur, c'est vrai, parce que l'opinion que vous venez d'émettre est de tout point conforme à la mienne... — Si nous nous rencontrons ainsi, c'est que nous sommes dans le vrai tous deux...

— En conséquence je me décerne, sans la moindre modestie, un brevet de lucidité de premier ordre...

— Mon instinct de policier m'a conduit au même résultat que votre tendresse quasi-paternelle pour le lieutenant... et j'en suis très-fier.

— Et moi, j'en suis heureux, —dit le vieillard, — mais mon cœur se brise quand je songe à la situation du pauvre enfant accusé d'un crime qu'il ignore ! Songez-vous bien à ce qu'il doit souffrir ?...

— Je n'y songe que trop...

— Heureusement, si la justice humaine est faillible du moins elle n'est point aveugle. — Nous ferons la lumière dans les ténèbres où elle s'égare... — Nous sauverons Georges, n'est-ce pas ?

— Certes nous le sauverons, et ce sera facile, je l'espère, car tout dépendra de lui-même... il sera l'artisan de son propre salut !...

— Comment ?

— Pour que l'accusation s'évanouisse et pour que le lieutenant soit mis en liberté avec beaucoup d'excuses, il lui suffira de dire et de prouver où il était et ce qu'il a fait pendant que son sosie assassinait et volait à Rocheville...

L'armateur pâlit de nouveau.

— Ah ! — murmura-t-il, — vous m'épouvantez.

— Qu'ai-je dit qui soit effrayant ?...

— Pendant quatre jours Georges a quitté le Grand-Hôtel où il n'est revenu qu'hier...

— Nous savons cela...

— En arrivant hier soir, très-surpris de trouver encore ici mon neveu que je devais croire en Normandie, je l'ai questionné sur les motifs d'une disparition qui me semblait singulière, inexplicable.

— Eh bien ?

— Eh bien ! il a refusé de me répondre...

— Il a refusé !... — fit Jobin avec un désappointement immense.

— Oui... obstinément et malgré mes instances...

— C'est fâcheux... — Mais enfin, sans doute, il a motivé son refus ?

— D'une façon bien vague et bien incomplète... Il m'a dit que l'honneur d'une femme se trouvant en jeu, le devoir d'un honnête homme était de garder un silence absolu, qu'en conséquence il devait se taire et qu'il se tairait.

— Ah ! — s'écria l'agent, — une aventure galante !... — Toujours la femme !! Diabolique engeance féminine inventée par l'enfer pour le malheur du sexe masculin !! — Comme il avait raison, ce policier du bon vieux temps qui, au début de toute affaire obscure, formulait cet axiome : « Cherchez la femme !! »

— On peut chercher sans craindre de revenir bre-

douille!! Infailliblement au bout de la piste emmêlée
on découvre un jupon!! — Ainsi votre neveu est
amoureux? Amoureux d'une femme mariée?... Il a
une maîtresse, et cette maîtresse est ici?

— Il faut le croire, mais je n'y comprends rien...
— répliqua l'armateur. — Georges venait d'Alger...
il ne connaissait personne à Paris, où d'ailleurs il
n'était que depuis quelques heures...

— Sans doute — reprit Jobin — il s'agit ici d'une
de ces bonnes fortunes de hasard dont un jeune officier s'exagère l'importance...

— Je l'ai pensé... je le lui ai dit... — il a répliqué
que je me trompais et, malgré la contrariété vive
que je ne lui cachais pas, il a persévéré dans son
mutisme.

— Mutisme sans inconvénients graves lorsqu'il ne
s'agissait que de vous satisfaire ; mais les choses
changeront de face quand le lieutenant sentira planer
sur lui une accusation terrible. — Il parlera, je vous
en réponds...

M. Domerat secoua la tête.

— Georges pousse jusqu'au fanatisme le culte de
l'honneur... — murmura-t-il. — S'il croit son honneur engagé, il ne parlera pas...

— Même pour sauver sa tête?? — s'écria Jobin.

— Oui, même pour sauver sa tête.

— Eh bien! alors, nous la sauverons malgré lui.

13.

— Et comment ?

— En cherchant la femme, en la trouvant sans qu'il s'en mêle, et en la contraignant à nous dire ce qu'il prétend nous taire...

— Pourrez-vous vraiment cela ?

— Cher monsieur Domerat, avec les moyens d'action dont la police dispose elle peut à peu près tout... — Quatre-vingt-quinze fois sur cent, ses investigations aboutissent... — Nous aurions bien mauvaise chance si nous nous trouvions aujourd'hui en face d'une des cinq exceptions qui fortifient la règle générale...

— Que Dieu vous entende !!

Après un instant de silence, l'armateur reprit :

— Quand devez-vous mener à Rouen ce malheureux enfant ?

— Demain sans aucun doute, mais je ne puis vous indiquer l'heure du départ qui dépendra d'une dépêche du juge d'instruction. — Je vous engage beaucoup d'ailleurs à ne point voyager par le train qui nous emmènera... — Il en résulterait pour vous et pour mademoiselle votre nièce de nouvelles angoisses...

— Quoi ! — s'écria M. Domerat avec effarement, — Georges sera-t-il donc conduit comme un criminel?... lui, un honnête homme!! un officier !!

— Comptez sur moi, monsieur, pour éviter à votre

neveu des humiliations inutiles... — dit vivement
Jobin. — Personne ne s'apercevra qu'il est prisonnier... — J'engagerai au besoin ma responsabilité
personnelle. — Mais il vous suffirait de savoir qu'il
se trouve près de vous, qu'il n'est pas libre et que
toute communication avec lui vous est interdite,
pour en souffrir cruellement!! — Mettez-vous donc
en route par l'express du matin, et veuillez m'apprendre à quel hôtel vous descendrez à Rouen...

— A l'hôtel de Paris, — répondit l'armateur.

— Il est bien probable que demain, dans la soirée,
j'aurai l'honneur de vous y présenter mes respects
et de vous y porter des nouvelles.

Le policier coupa court aux témoignages de la
profonde et sincère gratitude du vieillard, il rejoignit
Sidi-Coco qui l'attendait en se promenant de long en
large sur le boulevard devenu presque désert, et
qui commençait à trouver cette faction démesurée.

Il le conduisit dans un modeste logement qu'il habitait depuis nombre d'années tout près du Palais-de-Justice, et il lui improvisa une couche sur un vieux
divan avec un matelas pris à son lit.

L'agent de la sûreté dormit peu, se leva de grand
matin et alla aux informations.

Une dépêche du juge d'instruction de Rouen venait
d'arriver, demandant que le lieutenant Georges Pradel lui fût expédié sur-le-champ, et ajoutant qu'il lui

serait agréable de le voir accompagné par Jobin, très au courant de l'affaire.

Jobin, fort en faveur du parquet et à la préfecture, demanda l'autorisation de se charger seul du prévenu dont il répondait absolument.

A tout autre on aurait refusé cent fois plutôt qu'une cette autorisation. — Elle lui fut accordée.

Le policier s'installa avec Georges dans une voiture de première classe dont une plaque mobile portant ces deux mots : *Compartiment réservé*, interdisait l'accès aux autres voyageurs...

Le trajet de Paris à Rouen s'effectua sans incident et d'une façon presque silencieuse.

Jobin se taisait par devoir professionnel.

Georges, on le comprend, n'avait guère envie de causer... — Il était un peu pâle mais ne semblait nullement inquiet, et se penchait de temps à autre à la portière pour regarder le paysage comme un touriste amateur du pittoresque.

Sidi-Coco, lui, voyageait en seconde classe.

XXVII

Après avoir conduit le lieutenant à la prison .et l'avoir quitté en lui répétant tout bas : — « Courage et bon espoir !! » — Jobin se rendit au palais de justice.

Le juge d'instruction ne s'y trouvait plus, mais en partant il avait donné l'ordre d'envoyer à son domicile particulier l'agent de la sûreté, aussitôt que ce dernier se présenterait au parquet.

Le policier s'empressa d'obéir à cette consigne et fut immédiatement reçu par le magistrat qui lui dit en le voyant entrer :

— Je vous adresse toutes mes félicitations, Jobin ! — On a cent fois raison de vous apprécier à Paris ! — Vous êtes un homme incomparable !... — J'étais loin

d'espérer un succès si prompt... J'hésitais même à
croire qu'il fût possible...

— Monsieur le juge d'instruction, — répliqua l'a-
gent, — vos éloges me rendent confus, car j'ai conscience de ne pas les mériter...

— La modestie sied au mérite, — reprit le magistrat en souriant. — Mais la vôtre exagère!... —
Vous avez fait œuvre de maître en dépistant du
premier coup Georges Pradel qui devait se bien
cacher!!

— Hélas! — murmura Jobin, — il me faut démolir de mes propres mains le piédestal sur lequel
votre trop grande bienveillance daigne me placer...
— Georges Pradel ne se cachait point, et le hasard
seul me l'a fait rencontrer à la gare où j'attendais le
Ventriloque qui me l'a désigné, rendant ainsi l'arrestation facile...

— A la gare! — répéta Paul Abadie avec étonnement. — Il était à la gare!!

— Mon Dieu, oui...

— Déguisé, sans doute?

— Pas du tout... — Il portait son costume habituel...

— Et que faisait-il en un endroit si périlleux pour
lui?

— Il donnait le bras à sa jeune sœur et s'apprêtait
à partir avec elle et M. Domerat, leur oncle...

— Partir ! pour où ?

— Pour la Normandie et pour le château de Rocheville.

Paul Abadie leva les deux mains vers le plafond, comme pour prendre le ciel à témoin de sa
stupeur.

— Ainsi, — s'écria-t-il, — le criminel allait affronter sans épouvante le théâtre de son crime !! —
Il allait fouler d'un pas ferme les planchers que tache
encore le sang mal essuyé de ses victimes !! — De
quel métal le cœur de cet homme est-il fait ? — Ce
cœur est donc blindé du triple airain dont parle Ho-
race et brave impunément l'aiguillon du remords ?

— Le scélérat supposait à coup sûr qu'aucun soupçon ne pouvait l'atteindre ? — Il se croyait certain de
l'impunité ?

Jobin écouta tranquillement cette véhémente tirade et ne répondit pas.

Le juge d'instruction reprit :

— Ainsi votre main, — la main de la loi — se po-
sant sur son épaule, l'a surpris en pleine confiance !!
— Quel réveil après ce rêve de sécurité folle !! —
Quel écroulement !! — Le misérable a dû se sentir
foudroyé...

— En aucune façon, — répliqua le policier. —
Georges Pradel a paru très-surpris, c'est vrai, mais
il a conservé malgré tout le calme de l'innocence.

Paul Abadie regarda son interlocuteur avec une sorte d'effarement.

Il lui semblait avoir mal entendu ou mal compris.

— Le calme de l'innocence! — répéta-t-il. — Que signifie cela?

— Cela signifie, monsieur le juge d'instruction, que Georges Pradel n'est point coupable...

Le magistrat fit un brusque haut-le-corps en s'écriant :

— Jobin, songez-vous bien à ce que vous dites ?

— Je dis la vérité...

— C'est vous-même qui m'avez apporté triomphalement les preuves indiscutables de la culpabilité du lieutenant !!

— Preuves menteuses dont j'étais la première dupe, je l'avoue avec humilité... Je me trompais de bonne foi, mais dans mon état une erreur est plus qu'une faute, c'est un crime, car elle entraîne des conséquences toujours lamentables et parfois irréparables...

— Donc, selon vous, l'officier est innocent?...

— Autant que je le suis moi-même...

— Dans ce cas, vous connaissez l'assassin?

— Pas encore, mais j'ai la certitude que je le découvrirai...

Le juge d'instruction haussa les épaules.

— En vérité, Jobin, — fit-il, — je me demande si vous perdez l'esprit !!

— J'espère avoir l'honneur de vous prouver bientôt le contraire...

— Hâtez-vous donc alors, car, encore une fois, je doute de votre raison...

Le policier répéta au magistrat tout ce que, la veille au soir, il avait dit successivement à Sidi-Coco et à M. Domerat.

Mais il s'adressait à un homme qui ne cédait pas facilement.

Paul Abadie refusa de se laisser convaincre et, après avoir écouté en hochant la tête, répliqua :

— Vous avez manqué votre vocation, Jobin !! — Grâce à l'imagination fertile que vous possédez, vous auriez tenu votre place avec succès parmi les conteurs dont la prose incidentée, et souvent absurde, s'étale au rez-de-chaussée des journaux petits et grands... — Vos conjectures et vos déductions, fort ingénieuses du reste, sont du roman et pas autre chose !... — Vous êtes votre première dupe, comme vous le disiez tout à l'heure, et vous prenez pour des réalités les chimères inventées par vous !! — Mon opinion sur votre compte se modifie étrangement... — Je vous croyais un policier sérieux et vous n'êtes, je le vois, qu'un fantaisiste...

— Ainsi, monsieur le juge d'instruction, — demanda l'agent très-déconfit, — je n'ai pas eu le bonheur de vous convaincre !...

Le magistrat, pour toute réponse, haussa de nouveau les épaules.

— Et cependant, — poursuivit Jobin, — vous serez bien forcé de me croire, le jour où je vous amènerai l'assassin de Mariette... le véritable assassin, terrassé par l'évidence et garrotté dans ses propres aveux...

— J'attendrai ce jour-là pour être convaincu ! tâchez qu'il ne tarde pas trop ! !

— Je tâcherai... — répondit le policier en saluant le juge d'instruction et en se retirant avec un désappointement sans bornes...

Il alla droit à l'*Hôtel de Paris* et fut introduit sur-le-champ auprès de M. Domerat.

Après avoir répondu aux questions du vieillard, relativement à l'état physique et moral de Georges Pradel et à la manière dont le triste voyage s'était effectué, Jobin aborda le motif principal de sa visite.

— J'ai à vous prier, monsieur, — dit-il, — de vouloir bien me donner un renseignement de haute importance pour la justification de votre neveu...

— Disposez de moi ! — s'écria le vieillard. — Que désirez-vous connaître ?...

— Je sais déjà, — reprit l'agent, — qu'une somme de trois cent cinquante mille francs a été volée au château de Rocheville par l'assassin de Mariette et de son père; mais j'ai besoin de savoir si cette somme était représentée par des billets de banque, des monnaies d'or et d'argent, ou des titres au porteur...

— Je puis vous renseigner à ce sujet d'une façon très-exacte. — Il y avait deux cent mille francs en billets de banque, tous de mille francs... Cent quarante mille francs en or français, et dix mille francs en or étranger, quadruples espagnols et guinées anglaises provenant d'un payement fait entre mes mains quelques jours auparavant par un commerçant de Rouen...

Le policier se frotta les mains à en détacher l'épiderme.

— Cent cinquante mille francs en or! — s'écria-t-il. — Que Dieu soit loué!! — Le hasard est enfin pour nous! J'osais à peine espérer cela et mon inquiétude était grande...

— Expliquez-moi... — commença l'armateur.

— Quelle importance si grande j'attache à 'information que vous venez de me donner? — interrompit le policier. — C'est bien simple... — Si toute la somme avait été en billets de banque, nous perdions les trois quarts de nos chances de retrouver bientôt le meurtrier...

— Pourquoi cela?...

— Parce que le misérable aurait tout emporté d'un

seul coup!!... — Trois cent cinquante chiffons de la banque de France ne font pas un bien gros volume, mais cent cinquante mille francs en or sont lourds et encombrants... — L'homme qui s'en chargerait au lendemain d'un crime serait certain d'attirer l'attention sur lui et de donner l'éveil aux soupçons, ce qu'avant tout il doit éviter... — L'habile coquin qu'il nous faut atteindre n'a certes pas commis cette maladresse insigne... — Donc les cent cinquante mille francs se trouvent encore à l'heure qu'il est aux environs de Rocheville, cachés au fond d'un trou, au pied d'un arbre, dans quelque bois... — Donc le meurtrier, quand il croira n'avoir plus rien à craindre — (ce qui sans doute ne tardera guère) — reviendra chercher le magot, soit seul, soit avec un complice, et c'est là-dessus que je compte...

— Mais vous ne connaissez pas ce meurtrier! Qui vous le désignera?

— Sans l'avoir jamais vu je m'engage à le reconnaître, et rien ne sera plus facile... — L'assassin, quel qu'il soit, est un bandit de la grande école! Ses combinaisons sont d'un maître! — Il travaille à Paris, puisque c'est à Paris qu'il a volé le porte-cigares du lieutenant... — Vous pensez bien qu'un tel homme ne saurait ressembler en aucune façon aux paysans de Normandie et, sous son déguisement plus ou moins réussi, il gardera toujours et quand même un cachet d'origine... un fumet de terroir... — Or tout étranger se rapprochant, sans motifs connus, du château de Rocheville, me deviendra suspect par cela même, et nul individu suspect ne pourra passer à ma portée sans être étudié à la loupe!... — De deux choses l'une, ou je suis le plus maladroit des policiers du passé, du présent et de l'avenir; ou, dans de telles conditions, étant sur mes gardes, l'œil ouvert et l'oreille au guet, le jour où je rencontrerai l'assassin, il me suffira d'un regard pour le deviner!

Si grande était l'assurance de Jobin qu'elle s'imposa de façon irrésistible à M. Domerat, et l'excellent vieillard se sentit un peu rassuré.

Il voulait aller voir le juge d'instruction afin de lui parler de Georges.

Le policier, consulté par lui au sujet de l'opportunité de cette visite, lui conseilla de s'abstenir, du moins pour le moment, puis il prit congé de l'armateur et rejoignit l'auberge modeste où il avait donné rendez-vous au Ventriloque.

XXVIII

Sidi-Coco s'était fait donner une très-modeste chambre au troisième étage du petit hôtel situé tout près de la gare, et il attendait avec impatience.

— Allez-vous enfin vous servir de moi? — demanda-t-il en serrant la main de l'agent.

— Oui, — répondit Jobin.

— Bientôt?

— A l'instant même.

— Tant mieux, car dans l'état de fièvre morale et physique où me plongent tant d'événements terribles et inattendus, l'inaction m'est insupportable... — J'ai besoin de m'agiter, d'agir, de travailler à l'œuvre commune, sinon je deviendrais fou...

— Soyez calme, vous agirez, mais je ne puis vous promettre que les résultats seront immédiats...

— Peu m'importe d'arriver au but un peu plus tôt ou un peu plus tard, pourvu que je marche vers ce but.

— A la bonne heure, je comprends cela...

— Qu'aurai-je à faire?

— Vous apparteniez à une troupe de saltimbanques... Tout saltimbanque est un peu comédien... C'est ce qu'il faut pour notre entreprise...

— Comptez-vous donc me donner un rôle à jouer?

— J'y compte...

— Tâchez qu'il ne soit pas au-dessus de mes forces.

— Il sera simple et facile et vous vous en acquitterez à merveille... — Il ne s'agira point de parler, mais de changer de physionomie et de vous rendre méconnaissable.

— De quelle manière?

— C'est ce que nous allons décider... — Tenez-vous un peu debout devant moi; il faut, avant de prendre un parti, que j'étudie votre figure...

Sidi-Coco fit ce que lui demandait Jobin, qui pendant quelques secondes l'examina comme s'il se proposait d'exécuter son portrait de mémoire.

— Je suis fixé... — dit-il ensuite, — vous avez été zouave, vous serez matelot...

— Comment?

— Vous allez voir ça!

L'agent de la sûreté tira de la poche de son paletot une sorte de trousse renfermant des rasoirs, des ciseaux, une savonnette, des crayons de pastel et une foule d'autres objets de toute nature, disposés avec tant d'adresse qu'ils occupaient fort peu de place.

— Mettez-vous là, — poursuivit-il en désignant une chaise. — Je vais commencer la métamorphose.

Le Ventriloque s'assit.

Jobin fit mousser au fond d'un verre quelques pincées de savon en poudre, et appliqua cette mousse sur les longues moustaches noires de l'exzouave.

— Allez-vous donc les couper? — s'écria ce dernier avec une inquiétude manifeste.

— C'est nécessaire! — Vous y tenez, je le comprends, mais le sacrifice est indispensable, et d'ailleurs elles repousseront... — Les marins ne portent point de moustaches, vous le savez aussi bien que moi !... — Des favoris, à la bonne heure...

— Je n'en ai pas...

— Vous en aurez, et je m'en charge...

Les moustaches tombèrent l'une après l'autre.

Sidi-Coco poussa un soupir involontaire, mais garda le silence.

Jobin tira de l'inépuisable trousse deux favoris du plus beau noir, longs, touffus, jouant la nature à s'y méprendre et montés sur des bandes de tulle enduites intérieurement de cire molle mêlée à une gomme particulière.

Ce mélange, inventé par le policier pour ses déguisements, adhérait à la peau sans la tendre et sans l'irriter comme le vernis qu'emploient les acteurs.

Jobin appliqua les favoris sur les joues du Ventriloque, les peigna, les ébouriffa, puis sourit à son œuvre comme un artiste sourit au tableau qu'il vient d'achever et qui lui paraît réussi.

— Regardez-vous maintenant... — dit-il.

Sidi-Coco se leva, jeta un coup d'œil à la glace de la cheminée et fit un geste d'étonnement.

Il ne se reconnaissait pas lui-même.

La suppression des moustaches et l'adjonction des favoris faisaient de son visage énergique et bronzé une véritable figure de marin...

— Eh bien, — demanda le détective triomphant, — qu'en dites-vous?...

— Je dis que c'est prodigieux!

— Ça le sera bien davantage encore quand, le costume étant d'accord avec la tête, l'ensemble deviendra correct... — Attendez-moi... — Je serai de retour avant une demi-heure...

Jobin se rendit chez un fripier et il en revint avec une défroque complète enveloppée dans un vieux foulard.

Rien n'y manquait, ni la toque de matelot, ni la

III   14

chemise bleue au large col rabattu soutaché de ru-
bans de fil blanc, ni la cravate longue passant dans
un anneau d'argent orné d'une ancre en relief, ni la
vareuse de laine noire, ni le pantalon de toile à voile
taché de goudron.

Le policier étala toutes ces nippes sur le lit et
s'écria :

— A votre toilette et vite ! — J'ai hâte de jouir du
coup d'œil.

Sidi-Coco s'habilla en un tour de main, et la métamorphose ne laissa rien à désirer.

— Tel que vous voilà, — reprit Jobin, — n'importe
quel capitaine au long cours vous inscrirait sans hésiter sur son rôle d'équipage ! — Vous avez la mine
d'un vrai loup de mer !

— Et maintenant ? — demanda le Ventriloque.

— Vous m'avez dit à Rocheville que vous possé-
diez quelque argent...

— J'en ai assez pour vivre trois ou quatre mois
sans rien faire...

— C'est plus qu'il ne vous en faudra. — Vous allez partir par le premier train, descendre à Malaunay
et vous installer dans la petite auberge voisine de la
gare... — Vous conterez à l'aubergiste que vous at-
tendez un parent qui se propose d'acheter du bien dans
le pays, mais que vous ne savez pas au juste à quel
moment il viendra vous retrouver, et ça vous servira

de prétexte pour assister à l'arrivée de tous les
trains... — Naturellement il ne descend pas grand
monde à la station de Malaunay, votre surveillance
n'aura donc à s'exercer que sur un nombre limité
d'individus, ce qui la simplifiera beaucoup. — Vous
avez de l'instinct, du coup d'œil et du flair... — Vous
vous êtes vanté à moi d'être un fin limier...

— Ce que j'ai dit je le pense encore...

— Faites bonne garde ! — Aussitôt qu'une figure
vous semblera suspecte, télégraphiez-moi ce seul
mot : « Venez ! » et ne perdez plus de vue le gibier...

— Ah ! soyez tranquille !! — Si l'assassin de Mariette passe devant moi, je le sentirai, je vous le jure,
comme le chien de chasse sent la bête fauve !! — Je
lui sauterai à la gorge et je l'étranglerai !...

Le policier haussa les épaules.

— Joli projet ! — murmura-t-il. — Mes compli-
ments !! — Vous arrangeriez bien nos affaires en
agissant ainsi !! — Il faut au contraire une extrême
prudence, un sang-froid inaltérable ! — Le meurtrier
viendra seul ou avec un complice, chercher l'or en-
terré... — Il importe de ne lui inspirer aucune défiance, et de le pincer en flagrant délit, la main sur
le magot... — Une fois pris, le bourreau se chargera
du reste... — Me promettez-vous d'être calme ?...

— Je vous le promets, puisqu'il le faut, et je tiendrai ma parole... — Mais une chose m'inquiète...

— Laquelle ?

— Mon séjour à Malaunay peut se prolonger quelque temps ?...

— Sans doute.

— J'ai peur que ce séjour, assez mal justifié en somme, n'inspire aux autorités des soupçons fâcheux sur mon compte, et qu'un beau matin quelque gendarme, envoyé par le maire ou par le commissaire, ne vienne me demander mes papiers... — Je serais dans un grand embarras.

— Le cas est prévu... — répliqua Jobin.

Il ouvrit son portefeuille, y prit un triangle de carton revêtu d'un cachet et d'une signature, et le tendit au Ventriloque.

— J'ai réclamé ceci à votre intention à la préfecture de police... — poursuivit-il. — Sur le vu de cette carte, non-seulement la gendarmerie ne songerait plus à vous arrêter, mais au besoin, elle vous viendrait en aide.

— C'est bien... — dit le Ventriloque en prenant la carte.

— Un mot encore... Il est possible que j'aie à vous écrire... Sous quel nom faudrait-il vous adresser mes lettres ?

— Sous le mien, Anthime Coquelet... — il est oublié de tout le monde... — Depuis si longtemps on ne m'appelle que Sidi-Coco !

Le policier se fouilla de nouveau.

— Acceptez ce joujou, — reprit-il en présentant à l'ex-zouave un petit revolver à six coups. — J'espère bien que vous ne vous en servirez point, mais enfin, à tout hasard, quand on va se mettre à l'affût de dangereux bandits, il est bon d'être armé...

— Merci, — répondit Coquelet en glissant le revolver dans la poche de sa vareuse.

— Les six canons sont chargés et la crosse contient en outre une demi-douzaines de cartouches... — continua Jobin.

— Merci... — répéta le Ventriloque.

— Nous sommes d'accord sur tous les points. — Nous nous comprenons bien... — Un train part dans une demi-heure... — Je vais vous conduire à la gare. — Vous souperez à Malaunay. — Commencez votre surveillance dès demain, mais j'ai la conviction qu'elle n'amènera pas de résultats avant quelques jours.

— Je serai patient.

Une heure et demie plus tard, l'ex-zouave, métamorphosé en loup de mer, arrivait à destination, débitait à l'aubergiste le petit conte inventé par Jobin et se voyait entouré des égards et de la considération sans bornes qu'on doit à l'hôte dont un riche parent se propose d'acheter du bien dans le pays...

Pendant toute la nuit Sidi-Coco ne ferma pas l'œil.

14.

Il se sentait trop près du cimetière de Rocheville où reposaient les corps mutilés de Mariette et de son père attendant un vengeur...

Le lendemain, dès l'aube, il quittait sa chambre, et longtemps avant l'arrivée du premier train se rendait à la gare...

La journée s'écoula ; — les trains se succédèrent. — Aucune figure inquiétante n'attira ses regards et ne fixa son attention...

XXIX

Rarement, depuis qu'il remplissait les fonctions de juge d'instruction, Paul Abadie avait rencontré une affaire aussi intéressante, aussi singulière et, disons le mot, aussi *curieuse* que celle du double assassinat de Rocheville.

Il éprouvait en conséquence un vif désir de voir en face de lui le héros de ce drame sinistre.

Nous savons déjà que son opinion était faite au sujet de la culpabilité de Georges Pradel.

Malgré les tentatives réitérées de Jobin, il ne mettait point en doute qu'en s'emparant du lieutenant on eût saisi l'assassin véritable.

Au moment où le jeune homme entrait dans son cabinet, il jeta sur lui un coup d'œil rapide et il éprouva un mouvement de surprise involontaire.

La belle tête de Georges, sa physionomie franche et sympathique, l'air de distinction de toute sa personne, se conciliaient difficilement avec l'idée d'un crime effroyable...

Cette impression n'eut d'ailleurs que la durée d'un éclair.

— L'attitude et la bonne mine d'un prévenu ne signifient rien... — pensa le juge. — Les faits et les preuves sont là !!...

Georges salua sans forfanterie comme sans embarras.

Le magistrat ne lui rendit point son salut, ce qui fit monter une vive rougeur au visage pâle du jeune homme.

— Asseyez-vous... — dit Paul Abadie en désignant de la main une chaise placée en face de son bureau.

Le lieutenant obéit.

La fenêtre du cabinet éclairait en plein son visage.

Le juge d'instruction attachait sur lui un regard investigateur.

Le greffier, penché sur une petite table, se tenait prêt à écrire.

— Monsieur le juge d'instruction, — s'écria Georges, — l'agent de police, chargé de mettre à exécution un mandat d'amener lancé par vous contre moi, m'a dit qu'on m'accusait d'un double assassinat...—

L'accusation était trop monstrueuse pour être inquiétante... — J'ai voulu cependant, — (et c'était
naturel, n'est-ce pas?) — savoir à quoi m'en tenir au
sujet de cette accusation insensée... J'ai désiré connaître au moins les noms de mes victimes préten-
dues... — L'agent a refusé de me satisfaire...

— C'était son devoir... — répliqua le magistrat.

— Mais vous, monsieur, — poursuivit Georges, —
vous allez m'apprendre ce que j'ignore... me mettre
à même de me justifier à l'instant... me dire...

— Vous êtes ici pour me répondre et non pour
m'interroger! — interrompit sèchement Paul Abadie,
répétant de façon littérale la phrase adressée par lui
à Sidi-Coco, quelques jours auparavant, dans le vestibule du château de Rocheville.

Le lieutenant baissa la tête, tandis qu'une incom-
mensurable angoisse lui serrait le cœur.

— Greffier, écrivez... — commanda le magistrat.

Quelques minutes furent occupées par les questions de forme qui sont le début de tout interrogatoire, puis le juge, étudiant avec un redoublement
d'attention le visage de Georges, lui dit brusquement :

— Vous êtes prévenu d'avoir, dans la nuit du 24
au 25 de ce mois, assassiné le nommé Jacques Landry et sa fille Mariette, pour voler une somme de
trois cent cinquante mille francs confiés par votre

oncle Philippe Domerat au régisseur de son château de Rocheville...

Le jeune homme tressaillit comme si l'étincelle d'une pile de Volta puissante le frappait en pleine poitrine ; — ses yeux s'agrandirent, — ses lèvres tremblèrent, — sa figure prit une expression inouïe de stupeur et d'effarement.

— Ainsi donc, — balbutia-t-il au bout d'une seconde, — je ne suis pas seulement un meurtrier, je suis quelque chose de plus lâche et de plus infâme encore !! — Je tue pour voler !! — Ah ! monsieur !!

— Répondez.

— Que voulez-vous que je réponde ? — Est-ce qu'on peut répondre à des accusations pareilles ? — Est-ce qu'elles méritent d'être discutées ? — Non, monsieur !! — Non ! cent fois non !! — Je n'ai qu'une chose à dire, celle-ci : — Je suis innocent et vous le savez aussi bien que moi..

— Prévenu, souvenez-vous du respect que doit inspirer la justice !!

— Que Dieu me garde de l'oublier ! Mais la justice n'a pas le droit d'insulter un homme d'honneur en le traitant comme un bandit échappé du bagne, et c'est ce que vous faites, monsieur !

— Prenez garde ! — Si vous ne recouvrez à l'instant le calme et l'humilité que votre situation commande, je vais vous renvoyer en prison et remettre votre interrogatoire à un autre jour... — s'écria le juge d'instruction.

Georges fit sur lui-même un héroïque effort.

On entendit claquer ses dents, ses nerfs se tendirent à se rompre, mais il vint à bout de dominer l'indignation et la colère qui s'étaient emparées de lui, et d'une voix suppliante il murmura :

— Je suis calme, monsieur, je suis humble .. Je n'ai pas été maître d'un premier mouvement que je regrette... — Au nom du ciel, ne prolongez point mon supplice... — Interrogez-moi sans retard, et si blessantes que soient vos questions, j'y répondrai de mon mieux...

— Ainsi, — reprit le magistrat, — vous niez avoir commis le crime?...

— Je nie, oui! Je nie de toutes mes forces et de toute mon énergie!!

— C'est vous inscrire en faux contre l'évidence!...

— Je ne vous comprends pas. — Quelle est cette évidence?

— Un témoin vous a vu arriver à Rocheville... Il vous a servi de guide... vous lui avez parlé... il a reçu de vous un cigare... Les premières paroles échangées entre vous et Jacques Landry l'ont été devant lui...

Georges passa ses deux mains sur son front comme

un homme qui sent venir la folie et qui veut la chasser.

— En vous écoutant, monsieur, — murmura-t-il, je me demande si je rêve... — Ce témoin qui m'a vu... qui m'a entendu... qui m'a parlé, dans un pays où je n'ai jamais mis les pieds, ce témoin est un menteur ou un fou!....

— Ce témoin est un honnête garçon qui ne peut avoir aucun motif de déguiser la vérité et dont la déposition, par conséquent, ne saurait être suspecte... — Il y a d'ailleurs contre vous d'autres preuves...

— Lesquelles?

— Vous avez laissé à Rocheville des traces matérielles de votre présence au château pendant la nuit du 24 au 25 septembre.

— C'est impossible, — répliqua le lieutenant. — Je vous le répète, monsieur, je vous le jure, je ne connais pas Rocheville... — C'est au moment de quitter l'Algérie que j'ai su, par une lettre de mon oncle, qu'il venait d'acheter ce domaine, et qu'il le destinait à ma sœur...

Le juge d'instruction prit l'un des papiers posés devant lui sur le bureau, et dit en le montrant à Georges :

— Voici la lettre dont vous parlez...

Le jeune homme fit un geste de surprise.

— En vos mains! — s'écria-t-il. — Comment?...

Au lieu de répondre, Paul Abadie poursuivit :

— Puisque vous affirmez n'être jamais venu à Rocheville, où prétendez-vous avoir passé la journée et la nuit du 24 septembre?...

— A Paris.

— Quand êtes-vous arrivé dans cette ville?

— Le 23, vers quatre heures de l'après-midi, par le chemin de fer de Lyon...

— Faites-moi connaître d'une façon très-exacte l'emploi de votre temps à partir de l'heure où vous avez quitté la gare...

— J'ai pris une voiture et je me suis fait conduire au Grand-Hôtel...

— Pourquoi au Grand-Hôtel?

— M. Domerat, mon oncle, m'y donnait rendez-vous par un billet adressé poste restante à Marseille...

— Celui-ci... — fit le juge en montrant un second papier à Georges qui tressaillit de nouveau, et qui continua :

— Au lieu de trouver mon oncle à l'endroit désigné, j'y trouvai une lettre m'annonçant son brusque départ et m'engageant à aller l'attendre en Normandie...

— Pour veiller avec Jacques Landry sur les trois cent cinquante mille francs... — acheva le magistrat.

III   15

— C'est vrai, monsieur, et je vois, mais sans le comprendre, que vous avez lu cette lettre comme les autres...

— Sans le comprendre, dites-vous ? — Êtes-vous bien sûr que vous ne le comprenez pas ?...

— Certes, j'en suis sûr...

— Apprenez-moi donc ce que vous avez fait du porte-cigares qui vous servait en même temps de portefeuille et renfermait votre correspondance...

— Je n'en ai rien fait... il m'a été volé...

— Volé ! — répéta le juge d'instruction avec une ironie manifeste.

— Oui, monsieur...

— C'est ainsi que vous expliquez sa perte ?...

— Je l'explique ainsi parce que c'est la vérité...

— Nous reviendrons à cela plus tard... — Continuez à me donner l'emploi de votre temps...

— Je me suis habillé, je suis sorti, j'ai acheté des cigares au bureau de tabac du Grand-Hôtel, j'ai longé les boulevards, j'ai lu les journaux pendant à peu près une heure au café du Helder, je suis entré chez un changeur où j'ai pris la monnaie d'un billet de mille francs...

— D'un billet, dites-vous... — Vous en aviez donc plusieurs ? — interrompit le magistrat.

— J'en avais trois, envoyés par mon oncle... — J'ai mis deux mille huit cents francs en papier dans

mon porte-cigares, dix louis dans mon porte-monnaie, et je suis allé dîner chez Brébant...

— Après dîner, qu'avez-vous fait?

— J'ai passé la soirée au spectacle.

— A quel théâtre?

— Au Gymnase. — C'est là qu'on m'a volé mon
porte-cigares qui contenait les billets de banque et
trois ou quatre lettres de mon oncle... — Je me suis
aperçu de ce vol pendant un entr'acte...

— Et vous n'êtes point allé faire une déclaration
immédiate au commissaire de police!!...

— Non, monsieur...

— C'est bien invraisemblable...

— Je savais à merveille que ma déclaration serait
inutile, puisqu'il m'était impossible d'indiquer le voleur... — Je soupçonnais bien un jeune homme
blond, se disant myope, qui, après m'avoir heurté
dans un couloir, m'avait fait beaucoup d'excuses...
mais je l'avais à peine regardé... Je ne pouvais
donner son signalement, et d'ailleurs il devait être
loin...

XXX

Une minute de silence suivit la dernière réponse de Georges.

La plume du greffier courait sur le papier timbré.

Le juge d'instruction reprit la parole.

— Le spectacle fini, qu'avez-vous fait? — demanda-t-il sans paraître attacher à cette question une importance particulière.

Le lieutenant frissonna de tout son corps.

Pour la première fois, depuis son arrestation, il se sentait en présence d'un péril effroyable.

Ayant ignoré jusqu'à cette heure que le crime dont on l'accusait s'était commis au château de Roche-ville, il n'avait pu prévoir la nécessité impérieuse de démontrer péremptoirement sa présence à Paris pendant la nuit du 24 au 25 septembre.

En ce moment il devina le sens incompris jusqu'alors des paroles de Jobin :

— « Comptez sur moi pour vous venir en aide quand il faudra prouver votre alibi... »

Un frisson, — nous l'avons dit, — passa sur sa chair.

Prouver un alibi! — Il ne le pouvait pas ; — il ne le voulait pas...

Il était prêt à tout accepter, même la honte, même l'échafaud, plutôt que de racheter son honneur et sa vie au prix de l'honneur de Léonide...

— Que ma tête tombe s'il le faut!! — pensa-t-il. — Je ne la sauverai point en donnant au public, avide de scandale, le droit de croire et le droit de dire que madame Metzer était ma maîtresse... — En me taisant, je mourrai martyr! — Si je parlais, je vivrais infâme!...

Tandis que cet ouragan de pensées tourbillonnait dans l'esprit de Georges, quelques secondes s'étaient écoulées.

Le regard du juge d'instruction se rivait au visage du prévenu, qui ne s'apercevait même pas de cet examen.

Le greffier, la plume en l'air, les yeux fixes, la bouche entr'ouverte, ressemblait au bourgeois naïf qu'empoigne un drame émouvant de l'Ambigu.

Paul Abadie, sans se départir de son apparente indifférence, reprit :

— N'avez-vous point entendu ma question? —
Faut-il la répéter? — Je vous ai demandé : — Le
spectacle fini, qu'avez-vous fait?

— J'ai fumé un ou deux cigares sur le boulevard,
— répondit Georges non sans une hésitation manifeste, — puis je suis rentré...

— Vous en êtes certain?

— Oui, monsieur...

— Eh bien, votre mémoire est infidèle... — Vous
n'avez point reparu le soir; votre absence s'est prolongée pendant trois jours et le gérant du Grand-
Hôtel, stupéfait de cette disparition inattendue, a
cru devoir disposer de l'appartement que vous occu-
piez... — Ceci est acquis à l'instruction... — Prétendez-vous le nier?

— A quoi bon? — murmura le jeune homme avec
accablement.

— Donc votre absence est constatée, mais peut-
être vous est-il possible d'en donner une explication
quelconque?

— A quoi bon? — répéta Georges.

— Comment, à quoi bon? — fit le juge. — Mais à
éclairer la justice qui, cherchant un coupable, ne
demande qu'à trouver en vous un innocent... — Par-

lez en toute liberté... — Le vrai peut quelquefois
n'être pas vraisemblable... — Une enquête sera faite,
on contrôlera vos explications, même s'il paraît de
prime abord impossible de les accepter, et la vérité
se fera jour...

— Je n'ai rien à dire... — murmura le lieutenant.

— Prenez garde... — Je ne saurais trop vous engager à réfléchir... — Le silence, dans la situation
où vous vous trouvez, équivaut, songez-y bien, au
plus complet de tous les aveux... — Vous taire, c'est
vous reconnaître explicitement coupable...

— Je suis innocent!...

— A qui persuaderez-vous cela?... — Si vous ne
justifiez point de votre présence à Paris, c'est que le
chemin de fer vous emportait vers la Normandie...
c'est que vous prépariez déjà le crime hideux dont
l'accomplissement devait avoir lieu la nuit sui-
vante...

— Eh! monsieur, tout mon passé ne répond-il pas
à cette accusation monstrueuse?... — J'ai vingt-cinq
ans... — On peut fouiller ma vie, je défie qu'on y
trouve une seule action dont un homme d'honneur
doive rougir!!...

— On a vu plus d'une fois le besoin d'argent mé-
tamorphoser brusquement en scélérats des hommes
irréprochables jusqu'alors... — répliqua le magistrat.

— Trois cent cinquante mille francs peuvent exercer sur une nature faible des tentations irrésistibles...

— Et la pousser jusqu'à l'assassinat le plus lâche!! — s'écria Georges avec feu, — non, monsieur! je ne crois point cela! Non, je ne le croirai jamais!! — D'ailleurs ces besoins dont vous parlez n'existaient pas pour moi... — M. Domerat mon oncle, possesseur d'une grande fortune, me témoignait une tendresse toute paternelle... sa libéralité dépassait mes désirs... — Grâce à cette libéralité j'étais riche. — Le porte-cigares qui m'a été volé au Gymnase renfermait, je vous le répète, des billets de banque envoyés par lui quelques jours auparavant, — l'une des lettres que vous avez entre les mains en fait foi... — Si j'avais demandé à mon oncle une somme vingt fois plus considérable, j'affirme qu'il me l'aurait donnée... — Les trois cent cinquante mille francs confiés à Jacques Landry constituaient la dot de ma sœur que j'adore... — Tuer un vieillard et une jeune fille pour dépouiller ma sœur, est-ce possible?... Et la prévention vous aveugle-t-elle à ce point que vous l'admettiez un instant??

— Votre porte-cigares, oublié dans la chambre rouge du château de Rocheville, témoigne hautement contre vous!!

— Contre moi!! non, monsieur, mais contre celui par qui ce porte-cigares m'a été volé!...

— Ce vol dont vous parlez, vous ne le prouvez pas ! Comment accepter l'existence du voleur fantastique dont vous ne pouvez même donner un signalement exact ?

Georges laissa tomber sa tête sur sa poitrine, en homme anéanti qui, voyant la défense impossible, renonce à se défendre.

Pour un regard expérimenté ce simple mouvement indiquait un abandon complet de lui-même.

— Enfin, soit ! — reprit le magistrat. — Je consens à tenir pour vraies vos assertions les plus hasardées au sujet du porte-cigares... — J'accepte, quoique inadmissible, le Sosie inconnu prenant votre place à Rocheville et accueilli par Jacques Landry comme le neveu de votre oncle... Mais, tandis que cet autre vous-même assassinait là-bas, où étiez-vous et que faisiez-vous ?... — Il faut que je le sache...

— Et moi, — balbutia Georges, — je ne puis vous le dire...

— Pourquoi ?

— Pour des motifs qui me regardent seul...

— De quelle nature sont ces motifs ?

— Il m'est impossible de répondre à cette question...

— J'y vais donc répondre pour vous... — Hors d'état de me donner l'emploi de votre temps et sachant bien qu'un *alibi* menteur ne soutiendrait pas

15.

l'examen, vous faites un effort inutile pour tromper la justice sur le mobile de votre silence... — Vous voulez me persuader en un mot que ce mobile est chevaleresque et que, galant homme avant tout, vous vous taisez pour l'amour et pour l'honneur d'une femme...

Le lieutenant tressaillit de nouveau en se voyant tout à la fois si bien deviné et si mal compris.

Le juge d'instruction entrevoyait la vérité; mais comme elle était improbable il la prenait pour le mensonge.

— Depuis combien de temps, — reprit-il, — le régiment auquel vous appartenez tient-il garnison en Algérie?

— Depuis 1871, — répondit Georges.

— Quand êtes-vous venu en France et à Paris pour la dernière fois?

— A partir de 1871 je n'ai pas quitté l'Afrique.

— Il est donc impossible d'admettre que vous ayez à Paris un attachement sérieux pour une femme dont la réputation vaille la peine d'être sauvegardée au prix de votre propre honneur... — En supposant qu'une aventure galante ait occupé les trois jours dont vous refusez de m'apprendre l'emploi, l'héroïne de cette aventure ne saurait mériter aucune estime, et le dommage que lui causerait votre aveu serait des plus légers... — N'hésitez donc pas à parler avec

sincérité ! — Un abîme est ouvert devant vous...
Mesurez-en la profondeur et, s'il existe une branche
qui puisse vous empêcher d'y tomber, cramponnez-
vous à cette branche...

— Je n'ai rien à dire... — répéta le jeune homme.

— Ainsi, c'est chez vous un parti pris de ne pas
répondre à ma dernière question ?

— Oui, monsieur.

— Entrez franchement alors dans la voie des
aveux...

— Il m'est impossible d'avouer un crime que je
n'ai point commis... — On peut me condamner à
mort sur de fausses apparences... — En montant à
l'échafaud je crierai : — Je suis innocent !...

Le magistrat haussa les épaules.

— Greffier, — commanda-t-il, — lisez l'interrogatoire au prévenu...

La lecture achevée, Georges signa le procès-verbal
et fut reconduit en prison.

Au moment où il venait de sortir du cabinet, Jobin,
qui depuis une demi-heure attendait dans le couloir,
frappa discrètement à la porte.

— Entrez... — fit Paul Abadie.

Le policier franchit le seuil et dit du ton le plus
humble :

— Monsieur le juge d'instruction me permet-il de
lui demander s'il est satisfait ?

— Certes, je le suis, — répliqua le magistrat. — Jamais crime ne fut mieux prouvé !!...

— Quoi! — s'écria Jobin stupéfait, — le prévenu avoue??

— Implicitement, oui, puisqu'il n'essaye même pas d'invoquer un alibi... — Du reste, voilà le procès-verbal... Je vous autorise à en prendre connaissance...

L'agent de la sûreté dévora l'interrogatoire.

— Ah ! — murmura-t-il, — M. Domerat avait bien raison de craindre!! — Comment sauverons-nous ce malheureux jeune homme s'il s'obstine dans un silence qui est sa perte?...

— Eh bien ! — demanda Paul Abadie à son tour, — vous avez lu? — Qu'en pensez-vous?...

— Monsieur le juge d'instruction m'accusait hier de n'avoir pas la raison bien saine... — répondit Jobin. — Son opinion à cet égard ne pourra que grandir aujourd'hui... — Ma manière de voir n'a pas changé... — Plus que jamais je crois à l'innocence de Georges Pradel et je pars à l'instant pour Paris où je passerai quarante-huit heures...

— Qu'y ferez-vous ?

— Je chercherai la femme...

XXXI

Jobin salua respectueusement Paul Abadie, sortit du cabinet et courut au chemin de fer.

Une demi-heure plus tard *le train de marée* l'emportait vers la grande ville.

Nous avons entendu le détective dire à M. Domerat :

— Avec les moyens d'action dont la police dispose, elle peut à près tout... — Quatre-vingt-quinze fois sur cent, ses investigations aboutissent. — Nous aurions bien mauvaise chance si nous nous trouvions aujourd'hui en face d'une des cinq exceptions qui fortifient la règle générale...

A peine arrivé, le policier courut à la préfecture et, s'adressant au chef de la sûreté, le mit au fait des

circonstances qui rendaient son intervention nécessaire.

Jobin, croyant à l'innocence et à la sincérité de
Georges, ne mettait point en doute que le lieutenant
eût passé au Gymnase la soirée du 23 septembre.

Selon toute apparence il avait pris une voiture
en quittant le théâtre et s'était fait conduire chez la
femme dont, au péril de sa vie, il refusait de parler.

L'unique moyen d'arriver à l'inconnue mystérieuse était de retrouver cette voiture ; — moyen
bien incertain, bien chanceux, mais, à défaut de tout
autre plus sûr, il fallait y avoir recours.

Le chef de la sûreté donna des ordres et chargea
Jobin de surveiller leur exécution.

Pendant la nuit et pendant la matinée du lendemain tous les cochers de place et de régie ayant sta-
tionné le 23 au soir dans les environs du Gymnase,
furent retrouvés et interrogés.

L'un d'eux déclara qu'il avait « chargé » un peu
avant minuit, et conduit au boulevard Beauséjour
un jeune homme dont le signalement ressemblait
d'une façon prodigieuse à celui de Georges Pradel.

Il ajouta que ce jeune homme suivait un coupé
contenant deux dames, l'une vieille et l'autre jeune.

Il entra dans tous les détails de son itinéraire.

Il ne se rappelait pas le numéro du boulevard

Beauséjour devant lequel il avait arrêté son client, mais il se faisait fort d'y conduire n'importe qui, de jour ou de nuit, les yeux fermés, et, sachant bien qu'il répondait à un agent de police, il ajouta en manière de péroraison :

— J'espère qu'il ne lui est rien arrivé et qu'il ne lui arrivera rien de fâcheux à ce beau garçon... — Il était bien gentil, poli tout à fait, et généreux comme un milord !... Il m'a donné dix francs, preuve qu'il en pinçait bigrement pour la petite dame...

— Rassurez-vous, — fit Jobin, — et tenez-vous prêt à monter sur votre siége dans cinq minutes... Vous me conduirez...

— Au boulevard Beauséjour ?

— Oui.

— Suffit.

Avant de se mettre en route, l'agent questionna un deuxième cocher dont la déclaration parut compliquer singulièrement la situation.

Ce cocher raconta que le même soir, à la même heure, un grand gaillard à moustaches noires, portant un chapeau gris et fumant un gros cigare, était monté dans sa voiture et lui avait donné l'ordre de suivre la victoria qui conduisait à Passy le jeune homme blond.

— Et, — demanda Jobin, — vous avez suivi cette voiture jusqu'au moment où elle a fait halte?

— Oui et non... — Grande rue de Passy, près de l'embarcadère, ma pratique m'a commandé de passer devant et de filer le long du boulevard Beauséjour... — En face du dernier hôtel, il m'a crié : — Nous y sommes !... — Il m'a payé... il est descendu. — J'ai tourné ma guimbarde, j'ai décampé et, cent pas plus loin, j'ai croisé la victoria en question... — Voilà tout ce que je peux dire...

— Votre client est-il entré dans l'hôtel ?... — reprit l'agent.

— Je n'en sais rien... — Ça m'était égal... — Ma course était payée... je ne songeais qu'à rentrer dans Paris...

— C'est bien... je n'ai plus besoin de vous.

Jobin, resté seul, se dit à lui-même :

— Certes, je parierais cent contre un que le jeune homme blond était Georges Pradel... — Mais quel pouvait être ce gaillard à moustaches noires et à chapeau gris, suivant le lieutenant d'abord, puis tout à coup le devançant ! — Il savait donc où allait Georges ! ! Amant jaloux ou mari trompé, quel a été son rôle ? Tout cela est bien singulier !!

Le policier monta dans la victoria, et le bidet breton partit à un trot rapide presque inconnu des chevaux de fiacre de Paris.

Au bout de la Grande rue de Passy, près de la place du Ranelagh, le cocher fit halte.

— La vieille dame est descendue pas loin d'ici...
— fit-il en se retournant.

— Est-elle entrée dans une maison ?

— Je ne sais pas... — Je rallumais ma lanterne de gauche... — Ma pratique m'a dit de filer... — Je n'ai rien vu... — La vieille dame aurait pris le chemin de fer de ceinture pour aller à Auteuil, et même plus loin, que ça ne m'étonnerait aucunement...

L'inanité complète de ce renseignement rendait toute recherche impossible.

— Continuez, — ordonna Jobin.

La victoria longea le boulevard Beauséjour, et le cocher s'arrêta pour la seconde fois en s'écriant :

— Pour le coup, nous y sommes...

Le policier descendit, écarta les lierres de la grille et jeta un coup d'œil sur le petit hôtel que nous avons décrit dans la seconde partie de ce livre.

— C'est très-joli, — murmura-t-il, — et ça doit être habité par des gens fort à leur aise... des gens sérieux... des gens mariés... — Une cocotte ne se logerait pas au bout du monde... — Comment m'introduire ? — Il faut un prétexte... — Si seulement je savais le nom... — Ah bah !... — Je m'annoncerai à la personne qui viendra m'ouvrir, comme ayant mission de recenser la population dans le seizième arrondissement... — Je tirerai mon portefeuille... je prendrai des notes... — J'exprimerai le désir de

parler à « monsieur... » Si monsieur me reçoit, je
continuerai mon personnage d'employé à la mai-
rie... — Si monsieur est absent j'insisterai pour
voir « madame » et je lui dirai sans ambages : —
« Je suis de la police, je sais tout... — Le lieutenant
Pradel, accusé d'un crime commis à quarante lieues
d'ici pendant qu'il était dans votre maison, est perdu
si vous ne lui venez en aide ! — Vous seule pouvez
le sauver, sauvez-le !! » — Rien qu'à la figure de la
dame je saurai à quoi m'en tenir... — Si je suis
dans l'erreur on me mettra carrément à la porte et
je ne l'aurai pas volé !... — Si au contraire j'ai frappé
juste, l'affaire sera dans le sac car je « tiendrai la
femme !! »

Ayant ainsi monologué, Jobin tira le bouton de la
clochette.

Personne ne vint à son appel.

Il sonna une seconde fois, puis une troisième,
puis une quatrième, sans obtenir le moindre résultat.

Sans doute il allait continuer mais un cantonnier
du chemin de ceinture, travaillant derrière la balus-
trade de la voie ferrée, lui cria :

— Eh ! monsieur, à quoi bon vous donner tant
de mal ? — Vous carillonneriez jusqu'à demain
qu'on ne vous ouvrirait pas la porte.

— Pourquoi donc ? — demanda l'agent.

— Il n'y a personne dans la maison depuis plu-

sieurs jours... — Le monsieur et la dame qui l'habi-
taient sont partis en voyage... Je les ai vus monter
en fiacre avec leurs bagages... et le monsieur a dit
au cocher : rue Saint-Lazare, à la gare...

— Y a-t-il longtemps de cela?...

— C'était le 24 au matin.

— Vous êtes bien sûr de cette date?

— Impossible de me tromper... — Je venais de
reprendre mon service après un congé d'une semaine...

Jobin, effroyablement déconfit, remonta dans la
voiture qui l'attendait.

Le renseignement était positif.

Les habitants de l'hôtel avaient quitté Paris le
24 septembre, au matin.

Donc le lieutenant ne pouvait se trouver en ce
logis désert pendant la nuit du crime.

Donc le jeune homme blond du Gymnase n'était
pas Georges Pradel.

Donc l'agent avait fait fausse route.

— A la grâce de Dieu !! — pensa-t-il. — J'ai
cherché de mon mieux !... Où j'ai si complétement
échoué, personne au monde n'aurait mieux réussi
que moi... C'est une consolation pour mon amour-
propre, mais ça n'avance pas nos affaires !... — Il
ne faut compter désormais que sur le Ventriloque...

— Si le hasard ne lui vient en aide, tout est au

diable, et notre brave juge d'instruction fera de la meilleure foi du monde condamner un innocent !

Jobin consacra le reste de la journée à des recherches qui n'amenèrent aucun résultat, et prit le lendemain le chemin de Rouen.

Comme tous les policiers par vocation, comme Lecoq et comme le père Tabaret, il se passionnait pour une affaire.

Il s'était donné corps et âme à celle du crime de Rocheville. — Il en avait fait sa chose. — Il y pensait sans cesse. — Il en perdait l'appétit et le sommeil. — Il aurait consenti personnellement les plus grands sacrifices pour parvenir à démontrer l'innocence du lieutenant. — Il maudissait le jeune homme qui, pouvant d'un seul mot éclairer la situation, s'obstinait dans son silence.

C'est la tête basse et l'air confus que Jobin se présenta à Paul Abadie.

— Eh bien ; — lui demanda railleusement ce dernier, — rapportez-vous de Paris les preuves nécessaires pour réduire à néant l'accusation ? — Avez-vous *trouvé la femme ?* — Allez-vous provoquer par vos découvertes inattendues une ordonnance de non-lieu en faveur de Georges Pradel ?

— Hélas ! monsieur le juge d'instruction, — balbutia le détective avec humilité, — je reviens les mains vides...

— J'en étais sûr d'avance... — Vous n'avez rien
trouvé, c'est qu'il n'y avait rien !... M. Domerat,
autorisé par moi à visiter son neveu, l'a supplié en
pleurant, les mains jointes, presque à genoux, de se
justifier s'il le pouvait... — Le jeune misérable a
répondu qu'il le pourrait, mais qu'il ne le voulait
pas !... — C'est le dernier mot du cynisme !! — Jean
Pauquet, confronté avec l'accusé, a reconnu sa
voix !... — L'instruction est finie ! — Demain je dé-
poserai les pièces au parquet du procureur général...

XXXII

La chambre des mises en accusation rendit un arrêt qui renvoyait Georges Pradel devant la cour d'assises de la Seine-Inférieure, sous la prévention d'assassinat suivi de vol.

Les assises s'ouvrirent le 11 octobre, et l'affaire fut indiquée pour le 12 au rôle de la cour.

Le public attendait avec une impatience fiévreuse l'ouverture des débats.

L'énormité du crime, les circonstances mystérieuses au milieu desquelles il avait été commis, la situation exceptionnelle de l'accusé, les liens de proche parenté qui l'unissaient à M. Domerat, le richissime armateur connu du monde entier, tout cela surexcitait la curiosité d'une façon prodigieuse.

Personne ne doutait que Georges Pradel ne dût

prendre place parmi les scélérats légendaires, et que son procès ne fût appelé à devenir une « cause célèbre. »

Presque tous les journaux de Paris avaient envoyé à Rouen leurs courriéristes judiciaires et promettaient à leurs abonnés un compte rendu *in extenso* des débats.

Depuis trois jours une foule énorme affluait par tous les trains du chemin de fer dans la patrie de Pierre Corneille, — comme disait Jobin.

Les hôtels regorgeaient de monde.

On ne parvenait plus, même à prix d'or, à trouver la moindre mansarde, et nombre de curieux couchaient dans les cafés, sur les billards, moyennant un louis par tête.

L'un des plus célèbres avocats du barreau parisien, appelé par M. Domerat, était venu pour défendre Georges.

— A quoi cela servira-t-il ? — murmura le jeune homme en entendant prononcer le nom illustre de cet avocat. — Je ne me fais aucune illusion... Je sens bien que ma défense est impossible...

Ce fut aussi l'avis du grand orateur lorsqu'il eut conféré avec le prisonnier qui, pas plus à lui qu'au juge d'instruction, ne consentit à expliquer les motifs de son incompréhensible disposition.

— Je suis convaincu de votre innocence, — lui dit

l'avocat après avoir essayé de vaincre sa résistance obstinée, — mais je désespère de faire partager au jury ma conviction purement instinctive, et absolument illogique... —Comment vous défendre, puisque vous vous abandonnez vous-même ?...

— Abandonnez-moi donc aussi, — répliqua Georges. — Suivez l'exemple que je vous donne et n'engagez pas une lutte où forcément vous seriez vaincu.

— Non! — s'écria l'avocat, — je ne déserterai pas mon poste au moment du péril! — Je me dois au vieillard qui vous aime et qui m'a fait l'honneur de mettre en moi sa confiance ! Je combattrai de mon mieux... de toutes mes forces... de tout mon courage... mais sans espoir...

Le grand jour arriva.

Dès le matin, et bien avant le lever du soleil, les abords du palais de justice furent envahis par une véritable marée humaine. Mais c'est à peine si, au moment de l'ouverture des portes, la vingtième partie de cette cohue put s'introduire dans l'enceinte abandonnée au public.

Les places de faveur étaient occupées déjà et la foule des élus était aussi brillante, aussi bien composée, que pour une réception académique ou pour une première représentation d'un maître de la scène.

Deux fauteuils avaient été réservés près du banc de la défense à M. Domerat et à sa nièce.

L'armateur, pâle, amaigri, voûté, semblait en quelques jours avoir vieilli de dix années.

La jeune fille cachait son visage dans ses deux petites mains et pleurait.

La cour prit séance à dix heures.

Georges fut introduit et un long murmure d'étonnement s'éleva dans l'antique salle des assises.

C'est que le jeune homme, en sortant du couloir qui sert de passage aux accusés, avait conservé tout son calme, tout son sang-froid, toute sa dignité. — Il marchait la tête haute, et son regard lumineux et franc ne se baissait pas devant les mille regards attachés sur lui.

Il gagna d'un pas ferme, entre ses deux gardiens, le banc sur lequel tant de misérables s'étaient assis.

Vaguement on entendit courir des exclamations étouffées, des mots glissés de bouche à oreille.

— Comme il est jeune... — disaient les hommes.

— Comme il est beau... — balbutiaient les femmes.

— Est-il possible que ce soit là le visage d'un assassin ?... — répétait tout le monde.

L'impression était favorable.

Georges serra la main de son défenseur.

— Ah ! — pensa ce dernier, — pourquoi faut-il que l'obstination de cet insensé me réduise à peu près à l'impuissance !!

Le président adressa à l'accusé les quelques questions de pure forme ayant pour but de constater son identité d'une manière officielle.

Il fit ensuite l'appel des jurés et tira au sort les noms de ceux qui devaient siéger dans l'affaire.

Le greffier donna lecture de l'arrêt de la chambre des mises en accusation qui renvoyait Georges Pradel devant la cour d'assises, puis de l'acte d'accusation dressé par le procureur général.

Cet acte, écrit avec une grande sobriété de langage, une modération calculée et une inattaquable logique, était écrasant.

Il produisit sur les auditeurs une impression énorme.

Personne, après l'avoir écouté, ne mit plus en doute la culpabilité de l'accusé.

Par un brusque revirement d'opinion, c'était à qui lui trouverait désormais la figure d'un scélérat.

Aussitôt les formalités préliminaires accomplies, on procéda à l'appel des témoins.

Ils étaient nombreux.

Sidoine-Apollinaire Fauvel maire de Rocheville, le juge de paix Rivois, Andoche Ravier, Jean Pauquet, le docteur Grenier chargé de l'autopsie, Gervaise, Sylvain, Colette, Jacquemet, le brigadier de gendarmerie et un employé du Grand-Hôtel, vinrent former un groupe en face de la cour entre le jury et l'accusé.

Le président donna un ordre et les témoins, guidés par un huissier, entrèrent les uns après les autres dans la salle d'attente par une porte latérale.

Ainsi qu'il arrive toujours, l'ordre dans lequel ils devaient déposer avait été réglé d'avance.

L'accusation ménage et gradue ses effets comme un dramaturge expérimenté, et les témoins les plus importants, les témoins décisifs en quelque sorte, sont généralement introduits les derniers.

Les membres du jury voient de cette façon la culpabilité du prévenu se dessiner et s'accentuer peu à peu, devenir vraisemblable, puis probable, puis enfin certaine.

Le président venait d'enjoindre d'introduire Sidoine-Apollinaire Fauvel, quand un huissier s'approcha de Jobin, placé devant le banc des avocats, et lui remit une dépêche dont l'enveloppe portait cette suscription : *A monsieur Jobin, de la sûreté, au Palais de Justice, à Rouen.*

D'une main fiévreuse le policier déchira l'enveloppe et déploya le télégramme.

Il contenait ces mots :

« *Venez vite, — pas une minute à perdre, — le gibier
est levé, — j'entre en chasse.*

« A<small>NTHIME</small> C<small>OQUELET</small>. »

— Tonnerre ! — murmura le détective, — pourquoi n'ai-je pas reçu cette nouvelle deux jours plus
tôt ?... — Impossible en ce moment d'arrêter l'affaire, et la condamnation est certaine ! — Enfin, si
je réussis là-bas, il nous restera grâce au ciel le
recours en cassation !!

Il se pencha vers le défenseur de Georges, lui toucha l'épaule et lui mit la dépêche dans la main.

L'avocat connaissait Jobin.

— Que signifie cela ? — murmura-t-il à voix basse,
après avoir lu.

L'agent lui expliqua brièvement la situation.

— Le salut est là peut-être... — murmura l'orateur célèbre. — Allez vite !!

— Je pars à l'instant. — Ne jugez-vous point
utile de communiquer ce télégramme au président ?

— A quoi bon ?... — Comment voulez-vous qu'il
tienne compte de quelques mots vagues signés par
un homme qui n'appartient même pas à la police et
qui, après tout, peut se tromper ? Ce qu'il faut à
cette heure ce sont des preuves... c'est l'arrestation
des vrais coupables... — Laissez-moi cependant la
dépêche... Il peut se faire que je m'en serve à un

moment donné... mais rien n'est moins probable...

Jobin, en sa qualité d'agent de la sûreté, pouvait sortir de la salle des assises sans traverser la foule.

Il quitta en toute hâte le palais de justice, il passa à son auberge pour s'y munir d'un peu d'argent et d'un revolver, et il courut au chemin de fer.

Le hasard le servit.

Un train allait partir. — La vapeur sifflait déjà.

Le policier s'élança dans un wagon, sans même prendre de billet, et roula vers Malaunay.

. . . .

Nous avons fait assister nos lecteurs à toutes les phases de l'enquête accomplie au château de Rocheville par le maire et par le juge de paix, puis par le juge d'instruction assisté de Jobin.

Nous avons entendu les dépositions des témoins.

Il serait donc au moins inutile de les reproduire et même de les analyser sommairement car, dans le fond et presque dans la forme, les témoignages ne varièrent point.

Après l'audition de Jean Pauquet le garçon de charrue de la ferme des Étiaux, un nouveau murmure, confus, mais sinistre, s'éleva dans l'auditoire.

Chacun disait à son voisin :

— C'ést plus clair que le jour... — L'assassin, c'est lui... c'est Georges Pradel !! — A quoi bon continuer tant d'interrogatoires et de formalités? —

16.

Qu'on en finisse tout de suite en condamnant ce misérable...

La menace de faire évacuer la salle suffit à peine pour rétablir le silence.

L'interrogatoire de Georges Pradel était au moment de commencer.

Le même huissier qui avait remis à Jobin le télégramme du Ventriloque, s'approcha du président et lui présenta respectueusement une dépêche.

Le magistrat la parcourut des yeux, puis la lut avec attention ; — un profond étonnement se peignit sur son visage ; il regarda l'accusé toujours impassible, et il prononça ces paroles inattendues :

— L'audience est levée... Les débats seront repris dans une heure...

XXXIII

Voici textuellement la dépêche qui causait au magistrat une émotion si manifeste, et pour laquelle on
n'avait pas même songé à mettre en usage les abré-
viations habituelles du langage télégraphique :

« Rouen, de Dieppe, 12 octobre. — 11 heures du
« matin.

« Monsieur le président des assises,

« Au nom du Dieu de vérité et de justice, empê-
chez, s'il en est temps encore, une effroyable ini-
quité.

« On juge en ce moment et sans doute on va condamner un innocent qui, pouvant d'un mot se justifier, ne dira pas ce mot... — Oh ! je le connais
bien...

« Georges Pradel est pur du crime dont on l'accuse... — Il n'a pas commis ce crime, il ne peut pas l'avoir commis... — Il était à Paris pendant la nuit du 24 au 25 septembre, vous en aurez la preuve absolue, indiscutable, et cette preuve je vais vous la porter moi-même...

« Si je n'ai point fait plus tôt ce que je suis prête à faire, c'est qu'il y a une heure je ne savais rien de ce qui se passe. — Le hasard vient de m'ouvrir les yeux. Je comprends mon devoir et je le remplirai.

« Un train va partir; ce train m'emportera; — j'arriverai à Rouen bien peu de temps après ma dépêche. — Je courrai au palais de justice... — Donnez des ordres, je vous en supplie, pour que nul obstacle ne m'arrête... — Je dirai la vérité tout entière, je la dirai publiquement, et je serai perdue... mais Georges sera sauvé.

« Daignez recevoir, monsieur le président, l'assurance du profond respect de votre humble servante :

« LÉONIDE METZER. »

Pendant une ou deux secondes l'éminent magistrat s'était posé cette question :

— Est-ce la lettre d'une folle que j'ai sous les yeux?

Mais ayant pris connaissance la veille de la procédure relative au crime de Rocheville, et se souvenant du silence obstiné et incompréhensible de Georges Pradel quand on lui demandait d'expliquer le mystère de sa disparition, il s'était répondu :

— Non, c'est la vérité qui va se faire jour.

Et il avait interrompu les débats pour une heure.

Il ne jugea point d'ailleurs à propos d'expliquer aux membres de la cour les motifs de cette suspension d'audience.

Il ne leur communiqua même pas la dépêche.

En vertu de son pouvoir discrétionnaire il était libre d'autoriser l'audition d'un témoin imprévu surgissant à la dernière minute.

Un huissier reçut de lui la mission d'établir une surveillance à l'entrée du palais de justice, et, quand arriverait une femme disant se nommer Léonide Metzer et demandant à être introduite, de conduire cette femme dans la chambre du conseil et de l'y garder à vue jusqu'à nouvel ordre.

———

Nous avons assisté au brusque départ de Daniel Metzer faisant monter sa femme en voiture et disant au cocher de fiacre de toucher rue Saint-Lazare.

Où l'odieux personnage conduisait-il Léonide?

Il ne le savait pas lui-même en ce moment, et, pourvu qu'il s'éloignât de Paris, peu lui importait le but du voyage.

Un guichet était ouvert.

Il s'y présenta et prit des billets pour Dieppe.

Arrivé dans cette ville si vivante et si gaie quelques jours auparavant, mais que la saison déjà avancée rendait à peu près déserte, au lieu de s'installer à l'hôtel il loua une petite maison meublée, triste et sombre, et s'entendit avec une servante poletaise qui, moyennant une rémunération modeste, se chargea de tenir le ménage fort mal en ordre et de faire une cuisine exécrable.

Là, Daniel Metzer mit la bride sur le cou à tous les mauvais instincts de sa nature lâche et méchante, et, — ainsi que Georges Pradel le pressentait avec terreur, — martyrisa Léonide, sinon dans son corps au moins dans son âme.

Il tint la malheureuse enfant presque captive; — il lui imposa jour et nuit sa présence odieuse; — il lui interdit toute distraction, toute promenade, toute lecture, la condamnant ainsi au supplice d'un ennui lourd, énervant, sans trêve et sans relâche.

Puis, à de certaines heures, gonflé de colère et de venin, regrettant avec amertume les spéculations algériennes avortées par la faute de sa femme, il éclatait brusquement et formulait sa rage en un si ab-, ject langage que Léonide, heureusement pour elle, ne le comprenait qu'à moitié.

Un soir, l'ayant laissée seule une demi-heure, il la surprit tout en larmes.

— C'est votre amant que vous pleurez! — s'écria-t-il. — Et vous ne me pardonnez point de vous avoir séparée de lui!! — Eh bien, pleurez tout à votre aise et, si le cœur vous en dit, prenez aussi le deuil!... — Vous ne reverrez plus Georges Pradel, le beau lieutenant!!... vous ne le reverrez jamais!!... entendez-vous!! — Il est mort!...

— Ah! — balbutia Léonide frémissante, — je le savais bien... vous l'avez tué!...

— Tué! — répéta-t-il en ricanant. — D'un coup de revolver, n'est-ce pas? d'une balle dans la tête ou dans le ventre? Pour qui me prenez-vous? — Le tuer de cette façon!... — Allons donc! — Il n'aurait pas souffert assez et je me venge mieux que cela...

Léonide étouffait.

Après un silence, Daniel reprit :

— Je l'ai tué, comme on tue un hibou qu'on cloue vivant sur la porte d'une grange!... — Il est mort enfermé dans une cage étroite d'où la fuite était impossible!! — Il est mort lentement, en se sentant mourir! — Mort désespéré!... mort enragé!... mort de faim!!

Et le misérable raconta minutieusement, avec des détails infinis et un accent de sombre triomphe, l'œuvre de ténèbres accomplie par lui pendant la dernière nuit passée au boulevard Beauséjour...

Madame Metzer écouta jusqu'au bout.

Quand son mari eut achevé elle poussa un long soupir, ferma les yeux, et sa tête se pencha sur son épaule.

Elle venait de s'évanouir.

Daniel lui jeta de l'eau au visage puis, quand elle reprit connaissance, il lui dit d'un ton brutal :

— Ayez une autre fois la pudeur d'afficher moins en ma présence votre passion pour défunt Pradel !...

Et il sortit.

A partir de ce jour et de cette heure Léonide n'eut plus qu'une pensée, plus qu'un désir, plus qu'une espérance, voir la vie se retirer d'elle...

Obéissant à la loi divine, elle ne voulait pas se tuer, mais elle suppliait Dieu de lui envoyer la mort, et répétant des paroles que nous lui avons entendu prononcer déjà, elle murmurait :

— Ce serait la délivrance...

Deux semaines à peu près s'écoulèrent.

La jeune martyre s'engourdissait dans une sorte de torpeur douloureuse.

Un coup de tonnerre allait l'en arracher brusquement.

Le 12 octobre, dans la matinée, la servante poletaise arriva avec des provisions qu'enveloppait un
numéro du FANAL DE ROUEN, *journal de la Seine-Inférieure...*

Elle défit le paquet, porta les provisions à la cuisine
et oublia le journal sur la table de la salle à manger.

Madame Metzer prit d'une façon toute machinale
le numéro fripé, daté de l'avant-veille; son regard
tomba sur les lignes imprimées et un tremblement
nerveux secoua son corps.

Un nom venait de lui sauter aux yeux, lui causant
des éblouissements et faisant affluer à son cœur
tout le sang de ses veines...

Ce nom, — avons-nous besoin de le dire? — était
celui de Georges Pradel.

Le journal rouennais consacrait six colonnes au
crime de Rocheville, et, sans publier l'acte d'accusation, il analysait l'enquête, commentait les témoignages, constatait le refus de Georges Pradel de dire
où il avait passé la nuit du 24 au 25 septembre, et
concluait formellement de ce refus à la culpabilité
de l'accusé.

« L'affaire est indiquée au rôle de la cour pour le
12 de ce mois, — ajoutait le rédacteur. — Messieurs

les jurés feront bonne justice, et nous croyons pouvoir affirmer que leur verdict ne surprendra personne. »

De la première à la dernière ligne Léonide dévora les six colonnes.

Quand elle eut achevé cette lecture, elle la recommença.

Il lui semblait qu'un nuage opaque s'étendait sur son esprit et lui dérobait le véritable sens des mots qui frappaient ses regards.

Ce nuage se déchira soudain. — Une lueur éblouissante se fit, pareille à un éclair sillonnant les ténèbres d'une nuit d'orage.

Madame Metzer comprit tout, devina tout ce qui s'était passé. — En moins de quelques secondes l'intuition était complète.

— C'est pour moi qu'il se perd !! — murmura-t-elle. — Plutôt que de se justifier en me compromettant, il livre son honneur, il abandonne sa vie... — Je n'accepterai pas ce dévouement sublime... — Sacrifice pour sacrifice !... — A tout prix je le sauverai...

Le parti de la jeune femme fut pris à l'instant.

Elle attacha sur le plus sombre de ses chapeaux la plus épaisse de ses voilettes ; puis, cachant son visage sous la dentelle noire, elle sortit furtivement

de sa maison et pria le premier passant de lui indiquer une place de voitures.

Un de ces petits *paniers* numérotés qui stationnent
près du marché au poisson la conduisit à la gare où
elle s'informa. Un train devait partir pour Rouen
une demi-heure plus tard.

— J'ai le temps! — pensa Léonide.

Elle se fit mener au télégraphe, écrivit la dépêche
que nous connaissons, l'adressa au président des
assises, paya le port, revint à la gare et monta dans
un compartiment de seconde classe, car il ne restait presque plus d'argent au fond de son porte-
monnaie.

Daniel, surpris et furieux de son absence, la
cherchait partout dans la ville et se promettait bien
de l'enfermer à l'avenir.

XXXIV

L'heure de suspension était écoulée.

L'huissier audiencier annonça :

— Messieurs, la cour !...

Les magistrats reprirent leurs siéges et le président dit à Georges :

— Accusez, levez-vous.

Le jeune homme obéit.

Son calme ne se démentait point. — Il semblait plus que jamais maître de lui-même, mais des gouttellettes de sueur froide perlant sur son front à la racine de ses cheveux trahissaient son angoisse intérieure.

Aux premières questions du président il répondit nettement, donnant d'une voix ferme et d'une façon claire et concise les explications relatives à son passé, à ses habitudes, à sa correspondance avec M. Domerat, et enfin à l'emploi de son temps le jour de son arrivée à Paris, jusques et y compris le moment où le spectacle du Gymnase finissait.

Le président poursuivit :

— En quittant le théâtre, qu'avez-vous fait?...

Georges prit malgré lui l'attitude d'un homme qui, se sachant vaincu d'avance, refuse de lutter contre une force supérieure.

— Monsieur le président, — répliqua-t-il avec une sorte d'insouciance bien plus apparente que réelle, — le juge d'instruction m'a demandé cela déjà... — J'ai refusé de lui répondre... — Les motifs qui me commandaient le silence existent toujours, et je refuse de nouveau...

Ces paroles firent naître dans l'auditoire un murmure désapprobateur aussitôt réprimé par les huissiers.

— Prenez garde ! — reprit l'éminent magistrat, — votre plus cruel ennemi, désireux de vous perdre, n'agirait pas autrement que vous ne le faites ! — Avez-vous bien prévu, avez-vous bien pesé les conséquences inévitables de votre entêtement farouche ?...

— Ces conséquences, je les connais ! — s'écria le jeune homme. — Je sais qu'en me taisant je donne à l'accusation ses plus terribles armes, avec lesquelles elle va m'accabler... — Je sais que tous ceux qui m'entendent ont le droit et le devoir de dire et de penser que je suis l'assassin et le voleur, puisque pour me justifier je ne tente pas un effort! — Je sais tout cela, j'attends une condamnation certaine, et je ne me révolterai point, soyez-en sûr, contre l'involontaire injustice que j'aurai provoquée moi-même !!

— Avant votre arrestation, — fit le président, — vous n'aviez pas encore adopté ce mutisme systématique, ou du moins vous en donniez une explication plausible... — A votre oncle vous interrogeant avec une sollicitude paternelle, vous disiez : — « Je dois me taire... — L'honneur d'une femme est en jeu... »

Georges jeta sur l'armateur un regard qui semblait lui reprocher une trahison, et répliqua vivement :

— En disant cela, je mentais !...

— Dans quel but ?

— Dans le but d'éviter des questions importunes auxquelles je ne voulais pas répondre...

— Et si la justice en savait plus long que vous ne croyez sur ce mystérieux sujet?...

Le jeune homme tressaillit et son visage se décomposa comme sous le coup d'une terreur insurmontable.

Mais il se rassura presqu'aussitôt, son attitude redevint impénétrable et on l'entendit murmurer :

— Allons... C'est impossible...

— Messieurs, — dit le président en s'adressant aux membres de la cour et du jury, — en vertu de mon pouvoir discrétionnaire, j'ordonne la comparution d'un témoin qui n'a point été entendu au cours de l'instruction...

Un mouvement de surprise se fit dans le public.

— Huissier, — continua le magistrat, — introduisez le témoin...

Georges, devenu blanc comme un linge, ne respirait plus.

Quel était ce témoin nouveau et inattendu? — Que savait-il? — Qu'allait-il révéler?...

L'huissier commis par le président reparut au bout de quelques secondes.

Il accompagnait une femme de mise élégante, de tournure gracieuse, mais qui semblait se soutenir à peine et dont une voilette de dentelle noire cachait absolument la figure.

Georges, dévorant des yeux cette femme, appuyait ses deux mains sur son cœur et balbutiait :

— Mon Dieu... mon Dieu... faites que ce ne soit pas elle !!

— Témoin, — commanda le président, — levez votre voile...

L'inconnue découvrit un angélique visage pâle,

encadré de cheveux blonds en désordre. Une fièvre
ardente donnait un prodigieux éclat à ses grands
yeux d'un bleu profond.

Jamais beauté ne fut en même temps plus idéale
et plus étrange.

Un murmure de surprise et d'admiration s'éleva.

Georges chancelant étouffa un cri, et par un
geste brusque d'une violence inouïe plongea sa tête
entre ses mains.

— Témoin, — commença le président. — votre
nom?...

— Léonide Gallard, femme de Daniel Metzer... —
répondit la pauvre enfant d'une voix faible et tremblante qui pourtant fut entendue de toute la salle
tant le silence était profond.

— Votre âge ?

— Vingt ans.

— Où demeurez-vous ?

— A Passy, boulevard Beauséjour, nº...

— Vous m'avez fait parvenir une dépêche pour
demander à être entendue dans l'intérêt de l'accusé ?...

— Oui, monsieur le président.

— Cette dépêche était datée de Dieppe...

— Je suis à Dieppe depuis quelques jours...

— Seule?

— Avec mon mari.

— Otez votre gant de la main droite... — Levez cette main vers l'image du divin Crucifié... — Jurez de dire la vérité, toute la vérité, rien que la vérité...

— Je le jure...

— C'est bien... Que savez-vous et qu'avez-vous à dire ?

— J'ai à dire, — fit Léonide d'une voix de plus en plus tremblante, — j'ai à dire que M. Georges Pradel est innocent du crime dont on l'accuse... qu'il ne peut pas être coupable...

— Comment le savez-vous ?

— Pendant la nuit du 23 au 24 septembre, à une heure du matin, M. Pradel était dans ma maison... près de moi... — balbutia Léonide.

— Soit ! mais cela ne prouve rien, puisque c'est non dans la nuit du 23 au 24, mais dans celle du 24 au 25 que les deux meurtres ont été commis...

— M. Pradel se trouvait encore dans ma maison cette nuit-là, — poursuivit la jeune femme, — mais non plus avec moi... Il était prisonnier... prisonnier de mon mari...

— Nous reviendrons tout à l'heure à cette assertion singulière qu'il faudra m'expliquer... Mais d'abord, une question : — L'accusé était votre amant ?...

— Oh ! ce que je craignais !! — murmura Georges indigné ; puis, relevant la tête, il s'écria : — Non ! ne le croyez pas ! Je jure devant Dieu que c'est faux !!

17.

Madame Metzer, dont un nuage pourpre avait envahi le charmant visage, répondit à son tour avec une assurance modeste et avec l'accent inimitable de la vérité :

— M. Pradel était mon ami... mon frère, mais rien de plus... Je suis une honnête femme...

Ces mots si simples, simplement prononcés, remuèrent profondément l'auditoire.

Les femmes étaient haletantes. — Les hommes étaient émus.

— Où avez-vous connu l'accusé ? — demanda le président.

— En Algérie...

— Y a-t-il longtemps de cela ?

— C'était au mois de décembre de l'année dernière... — M. Pradel a fait plus que me sauver la vie, il m'a sauvé l'honneur... je lui ai voué une tendresse aussi pure que profonde et une impérissable reconnaissance...

— Ne vous êtes-vous jamais perdus de vue depuis cette époque ?

— Si, monsieur le président, pendant huit mois...
— Mon mari m'avait emmenée en France, à Paris...
— M. Pradel ignorait même ce que j'étais devenue et le hasard seul nous a remis en présence l'un de l'autre au Gymnase, pendant la soirée du 23 septembre...

— L'accusé vous a parlé sans doute, au théâtre ?

— Non, monsieur le président ; — il aurait craint de me compromettre... — Une dame m'accompagnait, et cette dame ne le connaissait pas...

— Il vous a suivie, cependant ?...

— A mon insu...

— Et vous l'avez introduit dans votre logis ?...

— Pour une entrevue bien courte... — Mon mari était absent... — Je n'ai pas eu le courage de refuser à M. Pradel quelques minutes d'entretien... — Je n'avais rien à craindre de lui !! — Il allait me quitter quand mon mari, que je n'attendais pas, est arrivé à l'improviste...

— Alors, que s'est-il passé ?

Léonide raconta tout ce dont Daniel Metzer s'était vanté à elle quelques jours auparavant.

Le bon public, en écoutant la jeune femme, croyait assister à la représentation d'un drame bizarre et pittoresque.

Jamais, ou du moins bien rarement, les vieux habitués des audiences de la cour d'assises, les amateurs d'émotions fortes, ne s'étaient trouvés à pareille fête.

Quand Léonide eut achevé son récit le président lui dit, avec une sorte de sévérité paternelle qui n'était pas exempte d'une nuance de bienveillance :

— Je n'ai point à juger votre conduite, madame,

conduite assurément légère, même en la supposant innocente... — Votre témoignage, s'il est démontré qu'on lui doit accorder toute confiance, établit j'en conviens quelques présomptions favorables à l'accusé... — Il explique et justifie dans une certaine mesure l'obstination de son silence... — On doit d'ailleurs apprécier le dévouement à la cause de la vérité dont vous avez fait preuve en apportant ce témoignage d'une façon spontanée ; — mais le but auquel vous tendiez n'est atteint qu'en partie...

Madame Metzer, frissonnant de tout son corps, regarda le président avec stupeur.

XXXV

L'éminent magistrat reprit :

— Votre mari, — vous en convenez vous-même, — a quitté l'hôtel du boulevard Beauséjour le matin du 24 septembre, de très-bonne heure, en vous emmenant avec lui. — L'accusé, resté seul dans le logis désert, n'a-t-il pu se rendre libre presque aussitôt et, se dirigeant vers la Normandie par un train de jour, se trouver le soir à Rocheville? — Une telle hypothèse, qui ne paraît point inadmissible, anéantirait l'alibi que vous prétendez établir.

Georges se leva brusquement.

— Monsieur le président, — s'écria-t-il, — voulez-vous me permettre d'élucider en quelques mots la situation?

— Parlez.

—Je n'avais pas le droit de vous dire ce que vous
venez d'entendre, vous le comprenez bien !! — reprit
le jeune homme. — Je m'étais juré de me taire... —
J'étais prêt à subir une condamnation certaine, et je
l'aurais acceptée sans me plaindre plutôt que de
laisser planer l'ombre d'un soupçon sur l'ange de
charité qui vient de se dévouer pour moi !! — Mais
maintenant que vous savez tout, il ne faut pas
que l'héroïsme de cette noble et sainte enfant reste
infructueux ! Il ne faut pas que son sacrifice devienne
inutile ! — Mon devoir est de me défendre et je vais
le faire, et ma défense sera facile !! — Pour conqué-
rir ma liberté, pour m'échapper de la chambre close
où j'étais captif, pour détruire, avec les faibles instruments dont je disposais, les barreaux de fer d'une
lucarne étroite située à dix pieds du sol, il m'a fallu
trois jours et trois nuits d'un travail surhumain ! La
faim me dévorait... la fièvre m'épuisait... — Le matin
du quatrième jour j'ai consommé mon évasion...
J'étais anéanti, brisé, presque mourant... — A
grand'peine, et sans savoir où j'allais, j'ai pu me
traîner jusqu'à une auberge... — Là on a pris pitié
de moi, on m'a recueilli, soigné, ressuscité, le mot
n'est pas trop fort... — Et c'est le lendemain seulement que j'ai pu regagner le Grand-Hôtel... — Il
est aisé de contrôler mes assertions, monsieur le président...—Les preuves abondent. — Pour être certain

que je ne mens pas, il suffira de se rendre à la petite maison du boulevard Beauséjour... — On y trouvera la porte clouée en dehors... On y verra dans l'intérieur de la chambre les choses en l'état où je les ai laissées, et le juge le plus prévenu contre moi sera forcé tout le premier, en face du travail accompli, de proclamer mon innocence!!...

Le jeune homme se tut.

Quelques applaudissements éclatèrent dans l'auditoire, dont les dispositions d'abord hostiles étaient devenues absolument bienveillantes depuis la romanesque intervention de Léonide.

Le président allait répondre, mais le défenseur fit passer à l'avocat général une feuille de papier sur laquelle il avait tracé quelques lignes d'une main fébrile tandis que Georges parlait.

L'avocat général se leva et dit à haute voix :

— Le défenseur pose des conclusions tendant à ce que la cour, regardant comme indispensable un supplément d'enquête, requière le renvoi de l'affaire à une autre session...

Après un délibéré qui ne dura que quelques secondes, la cour statua dans un sens favorable aux conclusions.

En conséquence l'affaire du crime de Rocheville fut remise à la prochaine session des assises.

Nous ne saurions comparer le désappointement de

l'auditoire qu'à celui qu'éprouverait le public entassé
dans un théâtre, si quelqu'incident faisait interrompre
le spectacle avant le cinquième acte d'un drame
plein d'intérêt...

Pendant que la foule s'écoulait en murmurant un
peu, l'avocat célèbre se pencha vers Georges et lui
dit à l'oreille en lui serrant la main :

— Tout va bien, mon enfant, et vous êtes aux trois
quarts sauvé !

Le lieutenant cherchait des yeux Léonide.

La jeune femme n'était plus là.

Un huissier venait de la conduire dans la chambre
du conseil où le président voulait lui parler...

Rejoignons notre ami Jobin que nous avons laissé
roulant vers Malaunay.

A la station on refusa d'abord de le laisser passer.
— Nous savons qu'il s'était élancé dans un wagon
sans passer au guichet, faute de temps, et qu'il n'a-
vait pas de billet, mais il exhiba sa carte d'agent de
la sûreté et l'obstacle s'aplanit aussitôt.

La petite auberge indiquée par lui au Ventriloque
se trouvait à peu de distance de la gare.

Sans perdre une minute il y courut, et n'eut pas
besoin de demander Anthime Coquelet.

L'ex-zouave, assis sur un banc de bois à côté
de la porte, fumait sa pipe d'un air parfaitement.

désœuvré, et réalisait plus que jamais le type accompli du matelot à terre, type bien connu de lui, presque toute sa vie s'étant passée sur les quais du Havre.

En voyant Jobin s'approcher il se leva, lui fit signe de le suivre, entra dans l'auberge et monta au premier étage.

Le policier grimpait sur ses talons.

Sidi-Coco ouvrit une porte, appuya son doigt sur ses lèvres en se tournant vers Jobin pour l'engager à garder le silence, et franchit le seuil.

La chambre dans laquelle il introduisait le détective était petite et meublée avec une simplicité plus que primitive.

Point de papier sur les murailles blanchies à la chaux, — des solives au plafond, — un plancher à peine raboté, — un lit en bois de sapin avec des rideaux de calicot blanc, — une petite table supportant un pot à eau et une cuvette, — deux chaises de paille. — Voilà tout.

L'art et le luxe s'y trouvaient représentés par trois images d'Épinal collées sur les murs : « Crédit est mort, les mauvais payeurs l'ont tué. — Le Juif-Errant. — La légende de Cendrillon. »

Le Ventriloque rapprocha les deux chaises, s'assit, invita du geste Jobin à en faire autant, lui donna une poignée de main, et collant pour ainsi dire ses

lèvres à son oreille, lui dit en désignant une des
cloisons :

— Parlons tout bas... — Ils sont là... — de l'autre
côté...

— Qui ? — demanda le policier.

— Les gens que nous cherchons...
Jobin tressaillit.

— Êtes-vous certain que ce soient eux ? — fit-il.

— Absolument.

— D'où vous vient cette certitude ?

— Voici : — Fidèle à la consigue que vous m'avez
donnée, je passe les trois quarts de mon temps à la
gare, attendant ce fameux parent qui doit acheter du
bien dans le pays. — L'aubergiste, qui justement
veut se débarrasser de quelques mauvais champs,
compte sur moi pour arranger l'affaire... Il m'a
même promis un pot-de-vin si je pousse à la conclu-
sion du marché... — Tous les employés de la station
me connaissent. — Nous sommes bons amis... — Je
leur raconte mes prétendus voyages... — Je leur
donne des cigares et ils portent grand intérêt à l'arrivée de mon parent... — Bref, je « droguais » beaucoup en pure perte et je commençais à désespérer,
quand hier soir je vis descendre du train de Paris
deux gaillards qui du premier coup d'œil me parurent bigrement suspects...

— Ah ! ah ! — murmura Jobin, — ils étaient
deux ?...

— Oui... l'un beaucoup plus jeune que l'autre...
un joueur d'orgue et un colporteur, ayant sur le dos,
l'un sa boîte à musique, l'autre sa balle à marchandises. — Le plus vieux était très-brun, le plus jeune
très-blond, barbus tous les deux jusqu'aux yeux. —
C'est bien drôle... Ces figures-là, je les connais,
j'en suis sûr. — J'ai déjà vu ces particuliers-là quelque part... Mais où ? mais quand ? — Je ne sais plus...
— C'est leur barbe qui me déroute... — Je parierais
tout ce qu'on voudrait que s'ils étaient rasés je
les reconnaîtrais *illico !* — A la gare, il y avait un
gendarme... — Il demanda les papiers de ces deux
gaillards...

— Eh bien ?

— Eh bien ! ils les donnèrent... le gendarme les
examina et les leur rendit... — Il paraît que les gredins sont en règle...

— En règle générale, — formula le policier à voix
basse, — les gredins sont toujours en règle... —
Les honnêtes gens manquent souvent des papiers
nécessaires... — Les gredins, jamais ! — La raison
en est bien simple... ils les font eux-mêmes au besoin.

— Le joueur d'orgue, — reprit Sidi-Coco, — pria
le gendarme de leur enseigner une auberge... — Il

indiqua celle où je loge... — Je filai en avant et,
quand ils arrivèrent, j'étais installé dans un coin de
la salle, fumant ma pipe en attendant le souper... —
Les gaillards demandèrent une chambre... — On les
conduisit dans celle qui touche à la mienne... —
Ils y laissèrent leurs *baluchons*, redescendirent et
s'attablèrent... — On leur servit du cidre... — « Il
n'en faut pas ! — dit le porte-balle à barbe noire, —
c'est pernicieux pour l'estomac... — Donnez-nous
du vin, et le meilleur de votre cave... — Mon camarade et moi nous aimons ce qui est bon, et la dépense
nous est inférieure !! » — On leur apporta du bordeaux... Ah ! c'est une justice à leur rendre, ils s'entendent à sécher les fioles...

« Je soupais dans mon coin, tout seul, et vous
pensez que je les guignais du coin de l'œil... — Ils ne
s'occupaient guère de moi... Ça leur était égal, un
matelot... — Ils parlaient beaucoup, mais très-bas,
comme des gens qui ont peur d'être entendus, et
tout en parlant ils buvaient !! Ce ne sont pas des
hommes... ce sont des éponges !!

« Vous comprenez qu'ils me devenaient de plus
en plus suspects... — Un joueur d'orgue et un porte-
balle qui se payent à leur souper cinq ou six bouteilles de vin à trois francs la bouteille, entre nous,
monsieur Jobin, ce n'est point naturel ! — Et puis
ces têtes de gueux que je connaissais sans les con-

naître me trottaient dans la cervelle... — Je me sentais passer des frissons dans le dos... — Je me disais : « — Si mon instinct n'est pas menteur, ces gens-là ont du sang de Mariette sur les mains ! »

« Tout à coup une idée me vint...

« Je suis ventriloque, vous le savez, et fameux ventriloque encore, je peux m'en vanter, puisque j'ai vécu de ce métier-là et que grâce à lui j'ai quelques sous dans ma poche... — Je fais de ma voix ce qu'il me plaît... J'imite celle de n'importe qui... j'imiterais la vôtre si bien que vous y seriez trompé vous-même...

XXXVI

— Quoique je ne vous aie jamais entendu, — répondit Jobin, — je sais que vous êtes un ventriloque du premier mérite et que vous obtenez des effets surprenants...

— Une idée me vint, je vous le répète, — continua Sidi-Coco ; — d'abord cette idée me fit peur et je la repoussai... — il me semblait qu'en y donnant suite je commettrais une profanation, un sacrilége... Mais je réfléchis que lorsqu'il s'agit de démasquer d'infâmes scélérats et de venger leurs victimes, tout est légitime et permis...

« Souvent, au Havre, au temps où ma vie n'était pas brisée, à l'époque où j'espérais encore être heureux, j'avais imité la voix de Mariette... — Seul dans ma mansarde je parlais à ma bien-aimée absente, je me répondais comme j'aurais voulu qu'elle me répondît, j'engageais avec elle des dialogues interminables, et je me donnais ainsi l'illusion de sa présence... — Ne vous moquez pas de moi, monsieur Jobin... C'était un jeu d'enfant, je le sais, mais les amoureux sont de grands enfants...

« Je pensai que si l'un de ces hommes surveillés par moi était l'assassin, il avait dû causer longuement avec Jacques Landry et sa fille, puisqu'il s'était introduit dans le château en se faisant passer pour Georges Pradel... — Je me dis qu'un meurtrier, si diaboliquement endurcie que soit son âme, doit malgré lui se rappeler chaque parole, chaque intonation de voix de ceux qui sont tombés sous ses coups, et se réveiller en sursaut la nuit, croyant les entendre encore...

« Je résolus de tenter l'épreuve...

« Je cherchai quelque phrase bien courte, mais frappante, et j'en trouvai une qui, selon toute vraisemblance, avait été prononcée par la pauvre chère enfant si près de mourir.

« Les deux hommes continuaient à causer à voix basse.

« Ils trinquèrent en bons camarades et chacun d'eux souleva, pour le porter à ses lèvres, son verre plein jusqu'au bord.

« J'avais fini de souper.

« Je fis craquer une allumette que j'approchai du

fourneau de ma pipe afin de me donner une contenance, et je dis avec une voix qui semblait partir de l'angle opposé de la salle, — la voix de Mariette :

« — LA CHAMBRE ROUGE EST PRÊTE, MONSIEUR GEORGES... »

« Le plus vieux, le brun, ne broncha pas, mais l'effet que j'attendais se produisit foudroyant sur l'autre.

« Sa main, prise de tremblement, lâcha le verre qui se brisa sur la table. — Le vin répandu rougit la nappe comme une grande tache de sang...

« Le jeune misérable se retourna brusquement, à la façon d'un homme qu'on appelle à l'improviste, et promena tout autour de lui un regard effaré...

« Il ne vit rien... — Le matelot allumant sa pipe dans un coin ne pouvait lui sembler suspect.

« — Qui casse les verres les paye ! — lui dit son compagnon. — Qu'est-ce que tu as ?

« — N'as-tu rien entendu ? — demanda le blond barbu.

« — J'ai entendu une servante annoncer à un voyageur, dans la pièce voisine, que sa chambre était prête... En quoi ça nous regarde-t-il ?...

« — Tu as raison... — murmura l'autre, — je rêvais...

« Et il passa sa main sur son front, avec un geste d'halluciné.

« J'en savais assez!. je ne doutais plus!... j'étais sûr!!

« Ah! monsieur Jobin, quel courage il m'a fallu dans ce moment-là pour ne pas sauter à la gorge du scélérat et faire justice de lui tout de suite...

« J'ai pensé à vous... j'ai pensé à mon lieutenant que nous devons blanchir d'une accusation monstrueuse, j'ai eu l'air de ne rien comprendre à ce qui venait de se passer sous mes yeux, et, ma pipe étant allumée, je suis sorti de la salle où j'étouffais...

« Pendant une demi-heure à peu près je me promenai de long en large devant la porte d'entrée, afin d'être bien sûr que les gredins ne sortiraient pas...

« Au bout de ce temps je rentrai. — Dans le couloir je rencontrai l'aubergiste.

« — Voilà ce que j'appelle des pratiques! — me dit-il en riant; — le joueur d'orgue et le porte-balle viennent de me demander un saladier d'eau-de-vie brûlée, et, comme j'hésitais, le grand brun a tiré de sa poche une dizaine de pièces d'or... — Je vais les servir... — Quand ils auront absorbé le saladier, ils seront ivres comme quarante mille hommes, mais ça ne me regarde pas et ça fait aller le commerce!! »

« Ma première idée m'avait réussi... — Il m'en vint une seconde...

« Je souhaitai le bonsoir à l'aubergiste, je montai au premier étage, mais au lieu d'entrer dans ma

chambre je pénétrai dans celle où les deux misérables devaient coucher.

« Il y avait deux lits.

« Je me glissai sous celui qui se trouvait à côté de
la porte.

« C'était peu commode et dangereux... — Si les
bandits me surprenaient là, ils chercheraient sans
aucun doute à me faire un mauvais parti... — Mais
bah! — j'avais mon revolver sous la main... donc je
me défendrais au besoin... — D'ailleurs ils seraient
ivres...

« Un peu avant minuit ils arrivèrent en trébu-
chant et en se soutenant l'un l'autre, car sans cet
appui réciproque ils auraient perdu l'équilibre... —
Ils éteignirent la lumière et se jetèrent tout habillés
sur leurs lits.

« Je pensais : — « Ils vont s'endormir, et je n'apprendrai rien... » — Mais tout à coup l'un d'eux demanda d'une voix avinée :

« — Le petit bois est-il loin de Rocheville?...

« — A un fort kilomètre... — répondit l'autre.

« — De ce côté-ci?

« — Naturellement.

« — Combien nous faudra-t-il de temps pour aller
jusque-là?...

« — Une heure et demie, deux heures moins un quart,

si le bidet de la carriole marche d'une façon un peu propre...

« — Et tu es sûr de trouver la cachette au magot?...

« — Oui, parbleu, j'en suis sûr... — J'ai marqué le gros arbre...

« — Mais il fera nuit...

« — Nous aurons une lanterne... — Ah çà, vas-tu me laisser dormir!!...

« Ce furent les seules paroles échangées. — Cinq minutes après, les deux scélérats ronflaient comme ronflent les ivrognes...

« Un coup de canon ne les aurait pas tirés de ce lourd sommeil... — c'était une chance pour moi... — Je me glissai hors de ma cachette, je sortis sans bruit, je rentrai dans ma chambre dont je laissai la porte entr'ouverte afin de surveiller le couloir, et de toute la nuit je ne fermai pas l'œil...

« Vers dix heures, ce matin, les gredins descendirent, dégrisés tout à fait, et demandèrent à déjeuner.

« Je m'installai, comme hier soir, dans mon même coin, et je commandai une omelette, un pot de cidre et du fromage.

« Le porte-balle et le joueur d'orgue mangèrent de grand appétit, mais je remarquai qu'ils ne buvaient

guère. — Ils avaient de bonnes raisons pour se mé-
nager.

« Vers la fin du repas, le blond barbu appela l'aubergiste.

« — D'ici à un gros bourg qui s'appelle Saint-Avit,
— lui dit-il, — quelle est la distance?

« — Nous comptons vingt kilomètres de Malaunay
à Rocheville ,—répliqua le brave homme,—douze kilomètres de Rocheville à Saint-Avit; — total, trente-
deux kilomètres, soit huit lieues…—Est-ce que vous
allez à Saint-Avit?…

« — C'est notre intention.

« — La diligence qui fait le service vient de partir,
et il n'y a qu'un départ tous les matins…

« — Ah ! diable ! c'est que nous sommes pressés !…
— Ne pourrait-on nous louer une carriole qui nous
mènerait aujourd'hui et nous ramènerait demain ?

« — Je vous louerai ça, moi qui vous parle, pour
quinze francs par jour…

« — Très-bien… — Le prix nous va…

« — Aurez-vous besoin d'un conducteur?

« — Nullement.—Nous conduirons nous-mêmes…

« — Alors il faudra me déposer cent écus…—Oh!
ce n'est point par défiance! on voit tout de suite à
qui on a affaire, mais il peut arriver un accident,
vous comprenez, et ça évite les contestations…

« — C'est trop juste… — Nous déposerons…

« — Et je vous donnerai un fameux bidet ! — reprit l'aubergiste. — Il n'a plus cinq ans et il est un peu couronné, mais il marche crânement tout de même... Il vous enlèvera vos huit lieues en quatre petites heures... — Faut-il le mettre dans les brancards?...

« — Inutile... — Nous partirons à la fraîcheur... après dîner... — Il y a pleine lune... — Pourvu que nous arrivions à Saint-Avit vers les onze heures du soir, c'est tout ce qu'il faut... — Nous ne verrons le notaire que demain matin...

« — Ah! ces messieurs vont chez le notaire?...

« — Mon Dieu, oui, pour un héritage...

« Je savais, moi, de quel héritage il était question, et tout mon sang bouillait dans mes veines!!...

« Il n'y avait plus de danger à perdre de vue les misérables pendant un instant. — Je courus à la station et je vous fis passer la dépêche que vous avez reçue...

« Vous êtes arrivé, — nous sommes deux, — nous avons des armes, — les assassins de Mariette et de Jacques Landry sont là ! — Enfonçons la porte s'ils refusent d'ouvrir, et pinçons-les tout de suite!! — Venez-vous?...

Sidi-Coco s'était levé et s'apprêtait à sortir, mais le policier ne bougea pas.

— Qu'attendez-vous? — lui demanda l'ex-zouave.

18.

— Mon cher Anthime, — répondit Jobin en souriant, — je vous dois des éloges! Vous avez dépassé
les espérances que je fondais sur vous!! — Votre conduite depuis hier est tout bonnement un chef-d'œuvre!... — Votre idée de ventriloquie me paraît admirable, et j'affirme que s'il vous convenait d'entrer
dans la brigade de sûreté vous deviendriez vite un
agent précieux... — Ceci bien entendu, permettez-
moi d'ajouter que votre ardeur vous égare en ce moment... — L'arrestation immédiate des deux gredins
serait une lourde maladresse, une faute irréparable...
— A l'heure qu'il est, que pouvons-nous prouver
contre eux? — Exactement rien!! — Ce n'est pas ici
qu'il faut les « pincer, » comme vous dites!...

— Où donc, alors?

— Au bois de Rocheville, — en flagrant délit, —
les mains pleines de l'or ramassé dans le sang de
Mariette et de son père!!...

XXXVII

Dix heures du soir venaient de sonner aux clochers des nombreux villages disséminés dans la campagne normande.

Quoiqu'on fût presque au milieu du mois d'octobre, la chaleur était lourde et le temps orageux.

De grands nuages s'interposant entre la terre et le ciel rendaient la nuit très-sombre, et la pleine lune dont avait parlé Passecoul remplissait fort · mal son rôle de flambeau dans les espaces du firmament.

Deux points lumineux se mouvaient sur la route conduisant de Malaunay à Rocheville. — C'étaient les lanternes de la carriole louée par l'aubergiste à ses clients de passage moyennant le dépôt préalable d'une somme de cent écus.

Le bidet couronné trottait avec courage et faisait ses deux lieues à l'heure.

Passecoul, ayant Raquin à côté de lui, conduisait.

L'orgue de Barbarie et la balle de colporteur se trouvaient derrière eux.

— Avançons-nous? — demanda Raquin pour la dixième fois peut-être depuis le départ.

— Dans un petit quart d'heure nous serons arrivés... — répondit Passecoul. — Il paraît, mon compère, que tu trouves le temps long? — ajouta-t-il.

— Je voudrais que tout soit fini... — J'ai des idées qui ne sont pas folâtres.

— A quel propos?

— Je me figure qu'une affaire si bien commencée finira mal, et qu'il nous tombera quelque tuile sur la tête au dernier moment.

Passecoul haussa les épaules.

— Ma parole d'honneur, — répliqua-t-il, — tu es une vraie poule mouillée! — Ton ombre te fait peur! — D'où viendrait cette tuile, et qu'avons-nous à craindre? — J'ai tout prévu... tout calculé... tout combiné de main de maître... — C'est aujourd'hui qu'on juge à Rouen Georges Pradel, et ce que les journaux ont dit par avance de l'affaire démontre clairement qu'il sera condamné!—Ça ne fait pas un pli! — Comment s'occuperait-on de nous, puisqu'on

croit tenir le coupable? — Cinq minutes nous suffi-
ront pour déterrer l'or avec les deux pioches dont
nous avons eu soin de nous munir... — Nous mettrons les rouleaux bien enveloppés, moitié dans la
balle de colporteur, moitié dans la boîte à musique...
— Ce sont les outils de nos métiers, on ne peut pas
s'en défier... — Nous remonterons en voiture, et
fouette cocher! Nous serons à notre aise pour le
reste de nos jours... — Il me semble que c'est bien
arrangé tout ça... — Qu'en penses-tu?...

— Je suis de ton avis.

— Et tu te sens rassuré, j'espère?

— Complétement.

— A la bonne heure!... Te voilà raisonnable... Les
trembleurs, vois-tu, il n'en faut pas!

— Est-ce que nous retournerons à Malaunay?

— Jamais de la vie!!

— Où irons-nous donc après la besogne achevée?

— Nous filerons toute la nuit, tant que le cheval
pourra marcher... — Au point du jour nous aurons
bien fait une dizaine de lieues... — Nous lâcherons
le bidet et la carriole... Nous prendrons le chemin
de fer à une station quelconque où personne ne nous
aura vus... Nous descendrons avant Paris pour éviter
la visite à l'octroi, et je sais près d'Asnières une
maison sûre où nous pourrons cacher notre argent...

— Je te répète que tout est prévu... — Halte! — nous y sommes.

En même temps Passecoul arrêta le bidet.

Une masse noire se détachait sur le fond des ténèbres, à droite de la route.

C'était le petit bois.

— Faut-il descendre? — demanda Raquin.

— Certainement, il faut descendre... — le cheval n'est pas de force à nous traîner dans les terres labourées.

— Nous ne laisserons donc pas la voiture sur la route?

— Pour qu'un paysan attardé, regagnant Rocheville, la trouve, et la croyant abandonnée l'emmène!... — Merci!! — Non... non... Nous la cacherons sous bois... ce sera plus sûr...

Les deux bandits, prenant le vieux cheval par la bride, le contraignirent à traverser le fossé peu profond qui séparait la route et les champs, et conduisirent le véhicule jusqu'au bouquet de bois où ils le mirent à l'abri dans le taillis.

Ils chargèrent ensuite sur leurs épaules, l'un sa balle, l'autre son orgue, prirent chacun une pioche, et, détachant les lanternes de la voiture dont ils allaient avoir besoin, gagnèrent le plus épais du fourré.

Passecoul, écartant les ronces et les épines, mar-

chait le premier, sans hésitation, en homme qui sait
où il va.

Au bout de trois ou quatre minutes ils trouvèrent
un espace vide, formant une clairière étroite autour
d'un ormeau géant.

— Halte! nous y sommes! — répéta Passecoul en
jetant la pioche à ses pieds et en se débarrassant de
l'orgue.

— Tu es sûr de ne pas te tromper? — demanda
Raquin.

— Parbleu! et la preuve, la voilà!

En disant ce qui précède, le jeune bandit éleva sa
lanterne et montra sur le tronc rugueux la place
fraîche encore dont il avait enlevé l'écorce quelques
semaines auparavant.

— Non! non! — reprit-il, — je ne me trompe pas,
— le magot est là!

— Profondément enfoui?

— A trois pieds à peine... — Ce sera l'affaire d'une
demi-douzaine de coups de pioche.

— Alors dépêchons-nous!

— Minute! — Prudence est mère de sûreté! — il
ne faut pas qu'on nous dérange, et tant pis pour les
indiscrets!... — Suis mon exemple... — Mets ton revolver tout armé dans la poche droite de ton pantalon... — Est-ce fait?

— C'est fait.

— Maintenant, à l'ouvrage !

Les deux lanternes de voiture, que leurs hampes fichées en terre maintenaient debout, projetaient au niveau du sol, sur un des côtés de la petite clairière, un cercle de lumière pâle.

Cette lumière ne pouvant s'élever, l'obscurité demeurait compacte à hauteur d'homme.

L'opposition de cette zone de clarté blafarde, touchant à cette zone de ténèbres profondes, produisait un effet sinistre.

Passecoul donna le premier coup de pioche et entama le terrain qui, récemment remué, n'offrait aucune résistance.

Raquin, de son côté, travailla de son mieux.

En moins de quelques minutes le trou atteignit une profondeur de deux pieds et demi.

— Prends garde, — dit Passecoul en cessant de creuser... — il ne faut point maintenant aller à l'aventure... — L'or est enfermé dans un sac de cuir qu'un coup de pioche maladroit crèverait infailliblement... — Nous perdrions un temps précieux à ramasser les jaunets mêlés à la terre, sans compter que nous risquerions fort d'en égarer beaucoup. — Laisse-moi faire.

Et le jeune bandit se remit à la besogne, lentement et avec des précautions infinies.

Bientôt la précieuse poche de basane apparut au

fond de l'ouverture. — Il ne s'agissait plus que de la dégager.

Ce fut vite fait.

— Aide-moi... — commanda Passecoul. — Il y a une courroie autour du sac pour le soulever... — Je tiens un des bouts... prends l'autre.

Raquin obéit et tira sur la courroie.

— Mazette! — murmura-t-il, — c'est lourd!

— C'est que tu as des bras de filasse! — répliqua Passecoul. — J'ai porté ça sur mon dos depuis la chambre du père Landry jusqu'ici, et, chemin faisant, je me suis battu contre un dogue qui n'était pas commode! j'ai de plus escaladé une muraille de dix pieds de haut... et je venais de *refroidir* deux personnes à moi tout seul!

— Ah! — balbutia Raquin confus, — je sais bien que tu es un homme...

Le sac, tiré de l'ouverture, reposait au pied du vieil arbre.

— Ouvre la boîte à musique, — reprit Passecoul, — et sors de ta balle tout le linge... — Nous allons procéder à l'emballage et nous partirons...

— Pour la cour d'assises et pour l'échafaud! — dit une voix. — Bandits, vous êtes arrêtés!!

Et le policier, sortant de l'ombre, bondit sur Raquin qui se trouvait plus près de lui, tandis que le Ventriloque de son côté s'élançait sur Passecoul.

— Arrêtés ! — répéta ce dernier, — pas encore !!

D'un mouvement brusque il se dégagea, saisit dans
sa poche son revolver, et dirigeant les canons contre
son agresseur fit feu presque à bout portant.

Sidi-Coco tomba.

— Il n'y en a plus qu'un ! — reprit Passecoul en
s'adressant à son complice. — Arrange-toi de celui-
là !... Je décampe... chacun pour soi !!

— A moi, gendarmes !! — cria l'agent de police,
qui, sans laisser à Raquin le temps de mettre la main
sur son revolver, venait de le terrasser et lui serrait
la gorge avec tant de force que l'ex-chasseur râlait. —
Prenez-le vivant, surtout ! Ne le tuez pas !... Nous
avons besoin de sa vie !...

Affolé par ces paroles qui lui révélaient la présence
d'invisibles ennemis, Passecoul ne tenta pas moins de
fuir, mais un cercle de gendarmes, le pistolet au
poing, enveloppait la clairière.

Cinq fois de suite le misérable pressa la détente de
son revolver, espérant abattre un homme et passer
par la trouée, mais sa main tremblait et, grâce au
ciel, pas une de ses balles n'atteignit le but.

Un instant plus tard les deux bandits, les mains
solidement attachées derrière le dos, gisaient l'un à
côté de l'autre sur le sol, et dans leur impuissante
rage se tordaient, l'écume aux lèvres.

Le Ventriloque ne donnait aucun signe de vie. —
Le sang inondait son visage.

Jobin, désolé, se pencha vers lui...

— Si ce brave garçon est mort, — pensa-t-il, — je
ne m'en consolerai pas, car véritablement je l'aimais !

XXXVIII

Non, le Ventriloque n'était pas mort.

La balle du revolver de Passecoul avait atteint le sommet du crâne, déchirant le cuir chevelu, et produisant à peu près l'effet d'un coup de canne vigoureusement asséné.

La voûte osseuse restait intacte, et l'évanouissement résultait de la violente commotion.

Jobin possédait quelques notions élémentaires de chirurgie, suffisantes pour reconnaître bien vite le peu de gravité de la blessure.

— Quel bonheur !... — s'écria-t-il avec un soupir de soulagement. — Ça ne sera rien ! C'est une chance inouïe ! — Vingt lignes plus bas le coup était mortel !... Je donnerais tout ce qu'on voudrait d'un cordial...

Un des gendarmes avait dans sa poche une de ces petites bouteilles clissées à l'usage des chasseurs, et renfermant un peu d'eau-de-vie.

Il s'empressa de l'offrir, et le policier ne perdit pas une minute pour verser quelques gouttes du spiritueux dans la bouche de Sidi-Coco dont il écarta les dents serrées.

L'effet de cette médication si simple fut immédiat.

Le Ventriloque tressaillit, ouvrit les yeux, se souleva sur son coude, et reprit sa présence d'esprit tout entière en même temps que sa connaissance; ses premières paroles le prouvèrent.

— Les tenons-nous? — s'écria-t-il.

— Oui, mon brave ami, nous les tenons... — répliqua Jobin.

— Vivants?

— Très-vivants et ficelés comme des saucissons... — Soyez sans crainte! Je vous garantis qu'ils ne nous échapperont pas.

— Que Dieu soit loué! Tout est donc pour le mieux!

— Comment vous trouvez-vous?

— J'ai la tête lourde, mais je souffre à peine... — Tendez-moi s'il vous plaît la main pour m'aider à à me relever... — Je voudrais voir ces misérables.

Jobin fit ce que lui demandait son collabora-

teur officieux, qui, s'appuyant sur lui, s'approcha
des bandits.

Dans la lutte que ces derniers venaient de soutenir contre l'agent et contre les gendarmes, leurs
moustaches d'emprunt et une partie de leurs barbes
postiches, s'étaient notablement dérangées.

Le policier, en un tour de main, les débarrassa de
ces accessoires.

— Ah ! — murmura Sidi-Coco, en voyant à nu
leurs visages livides et contractés, — je ne me trompais pas quand je croyais reconnaître ces infâmes !!...

— Vous les connaissez donc ? — demanda vivement Jobin.

— Oui, pardieu ! je les connais ! ! — Celui-là, le
plus jeune, l'assassin de Mariette, est un zouave de
mon régiment... — Ce monstre se nomme Passecoul, et servait de brosseur en Afrique au lieutenant
Georges Pradel...

— Le brosseur du lieutenant ! — s'écria le détective en frappant ses mains l'une contre l'autre. —
La lumière se fait !... tout s'explique !... Oh ! le
doigt de Dieu !...

— Le second, — continua Sidi-Coco, — est un
ci-devant chasseur, et s'appelle je crois Raquin...

— Voilà des choses qui vont bien étonner M. le
juge d'instruction, si sûr de son affaire ! — se

dit l'agent de la sûreté en souriant malgré lui. —
Et quand on pense, — ajouta-t-il *in petto*, — qu'on a
probablement aujourd'hui condamné Georges Pradel ! — Comme c'est heureux, pourtant, que je sois
entêté !!

Dix minutes plus tard, la carriole reprenait au
pas le chemin de Malaunay.

Passecoul et son complice, toujours étroitement
ficelés, gisaient sur la paille dans le compartiment
de derrière.

Jobin et le Ventriloque occupaient la banquette de
devant.

Les gendarmes, formant escorte, marchaient à
droite et à gauche.

On n'avait point oublié le sac d'or, — avons-nous
besoin de l'affirmer ?

Le lendemain matin les deux bandits, conduits à
Rouen, étaient écroués séance tenante.

Paul Abadie fut stupéfait, mais, disons-le à sa
louage, sa joie égala sa stupeur.

L'arrestation du véritable assassin et les circonstances dans lesquelles cette arrestation avait été
opérée éclairaient d'une lueur éblouissante les ténèbres si profondes jusque-là.

Dès son premier interrogatoire Passecoul, — se
sachant perdu sans ressources puisqu'il était déjà

condamné à mort et qu'il ne pouvait manquer de l'être une seconde fois, — avoua tout.

Plus n'était besoin désormais de provoquer à Paris, au boulevard Beauséjour, les investigations relatives à l'alibi du lieutenant dont l'innocence devenait indiscutable.

La chambre des mises en accusation, à qui l'affaire fut soumise de nouveau et d'urgence, rendit à l'instant même un arrêt de non-lieu.

Une heure après Georges Pradel, mis en liberté, embrassait en pleurant son oncle et sa sœur, et serrait cordialement les mains dévouées de Jobin et du Ventriloque.

— J'ai reçu une lettre à ton adresse, cher enfant... — dit M. Domerat en lui remettant une enveloppe cachetée sur laquelle une main évidemment féminine avait tracé son nom.

Georges, très-ému, déchira l'envcloppe et lut :

« Cessez de craindre pour moi, ô mon unique ami... je suis en sûreté, et personne, vous entendez, — personne, — ne peut rien contre moi.

« Des magistrats de l'ordre le plus élevé m'ont trouvée digne d'intérêt. — Interrogée par eux, je leur ai dit la vérité, la vérité tout entière, sans rien atténuer, sans rien voiler, et j'ai reçu l'autorisation de me retirer dans un couvent jusqu'à l'issue du procès en séparation conseillé par vous et que je commence aujourd'hui même. — Cette issue, paraît-il, ne peut être douteuse. — Quand nous reverronsnous? — Je l'ignore, mais si votre pensée est à moi comme la mienne est à vous, nous ne sommes point séparés...

« Je sais que pour vous tout va bien... — je suis rassurée... je suis heureuse.

« LÉONIDE. »

Georges pressa contre ses lèvres la lettre de madame Metzer et murmura :

— Dieu est juste et bon... Il aura pitié de cet ange... J'en ai le pressentiment.

Daniel Metzer apprit ce qu'était devenue sa femme en lisant les journaux qui rendaient compte de l'affaire Pradel. — Presque en même temps il reçut un papier timbré qui le fit bondir. — C'était le premier acte signifié à la requête de Léonide et tendant à séparation.

Comprenant que cette séparation était inévitable il ne songea plus qu'à la faire prononcer à son profit, afin de conserver la haute main sur l'administration de la fortune commune. En conséquence il confia le soin de ses intérêts à un avoué retors et à un avocat qui ne l'était pas moins et, le procès devant être long, il partit en toute hâte pour l'Afrique, ne passa que vingt-quatre heures à Alger, et gagna Boudjareck en emportant une demi-douzaine de barils de cette grosse poudre à canon dont se servent les mineurs.

Daniel avait son idée.

Prévoyant le cas où la séparation serait prononcée contre lui, il voulait faire sauter une partie de la colline et s'emparer de beaucoup d'or dont personne ne pourrait lui demander compte.

Défiant autant que rapace, il voulait en outre agir seul, et ne pas se trouver à la merci des ouvriers qu'il mettrait dans sa confidence.

Il agit seul en effet.

Pendant huit jours il travailla comme un manœuvre, de l'aube au coucher du soleil, creusant dans le roc, à coups de pic, une sorte de tranchée ou plutôt de boyau.

Quand ce boyau lui parut d'une dimension suffisante, il roula tout au fond trois ou quatre barils sur lesquels il entassa avec un levier force quartiers de roches. — Une traînée de poudre longue de cinq cents mètres lui permettait de faire sauter la mine, sans danger pour lui croyait-il.

C'est tout au plus si le cœur lui battit quand il laissa tomber une allumette sur la poudre.

La flamme courut ainsi qu'un éclair à la surface du sol. — Une effrayante détonation se fit entendre...

— la terre trembla, — la colline se fendit, vomissant ses entrailles comme le cratère d'un volcan.

Daniel Metzer avait mal calculé sa distance. — Les rocs broyés jaillirent autour de lui, plus pressés que les éclats d'obus un jour de bataille ou les grêlons un jour d'orage. — Un joli morceau de granit du poids de cinquante livres lui brisa le crâne, mais sans toucher à son visage.

Le bruit formidable de l'explosion ayant retenti jusqu'à Blidah, le procureur de la République et le commissaire de police se rendirent à Boudjareck, où ils trouvèrent le juif mort et non défiguré. — Procès-verbal du décès fut dressé, et l'on expédia en France, à qui de droit, un double de l'acte mortuaire...

Léonide était veuve. — Dieu avait fait justice...

Depuis le mois d'octobre 1874, où s'accomplissaient ces événements, beaucoup de choses se sont passées.

Passecoul et Raquin, deux fois condamnés à mort, ont payé leur dette à la justice humaine, mais, hélas! ils ne l'ont payée qu'une fois, et c'est évidemment trop peu !!

M. Domerat s'est hâté de vendre le château de Rocheville qui lui rappelait de trop tristes souvenirs. — Il demande chaque semaine, par les petites annonces du *Figaro*, un domaine de cinq cent mille francs qu'il veut donner en dot à sa nièce.

Notre ami Jobin se montre plus que jamais policier modèle. — Nous le retrouverons probablement quelque jour sur notre chemin.

Un an après la mort du juif, — au mois d'octobre dernier par conséquent, — la veuve de Daniel Metzer est devenue la femme de Georges Pradel.

Ils s'adorent et ils sont heureux... — Le jeune mari fait exploiter sous ses yeux la mine de Boudjareck, qui le rendra bientôt plus riche que son oncle.

Sidi-Coco, maintenant le bras droit de Georges, ne peut se consoler de la mort de Mariette et porte sur ses vêtements et dans son cœur le deuil de la pauvre fille.

— Je ne sourirai plus jamais, — dit-il, — sauf le jour de la naissance du premier fils de mon lieutenant.

Quand cet enfant sera venu, l'ex-zouave fabriquera une poupée nouvelle, et, pour amuser le bébé, se souviendra qu'il est ventriloque.

F. Aureau. — Imprimerie de Lagny.

www.ingramcontent.com/pod-product-compliance
Lightning Source LLC
Chambersburg PA
CBHW050145030726
47505CB00005B/1236